टक टक

एवं अन्य कहानियाँ

डॉ ललित मोहन जोशी

Made with ♥ on the Notion Press Platform
www.notionpress.com

क्रम-सूची

क्रम-सूची

क्रम-सूची

प्रस्तावना

यह कहानी संग्रह समाज में बदलते रिश्तों का बयान करती है। व्यक्ति अलग अलग तरीकों से सोचता है। विभिन्न सोचें अलग अलग रिश्तों को जन्म देती है। हर व्यक्ति के लिए रिश्ता एक अलग मायने रखता है। रिश्तों की यही डोर नवीन पारिवारिक और सामाजिक सम्बन्धों को उत्पन्न करते हैं। धीरे धीरे लोग इन नये रिश्तों को नियमित करने लगते हैं। एक नयी शब्दावली विकसित हो जाती है। नारी पुरुष सम्बन्धों में अलगाववाद की विचारधारा में वृद्धि हो रही है। सामंजस्य में कमी दृष्टिगोचर होने लगी है। इन कहानियों में ऐसे ही रिश्तों का विश्लेषण किया गया है। लव मैरिज, लिविंग इन रिलेशनशिप, वृद्धाश्रम और तलाक सामान्य शब्दावली बन गये है।

व्यक्तियों के बीच सम्बन्धों का स्वरूप परिवर्तित हो रहा है। पुरानी बातें पीछे छूटती जा रही है। मध्यम वर्ग रिश्तों को बहुत हल्के में लेने लगा है। यह सब एक नवीन सामाजिक परिवेश को निर्मित करने की भूमिका निभा रहे हैं। रानी बिटिया कुछ नहीं कहना में एक अलग सोच है। वहीं बदलाव में सोच का रूप एकदम अलग है। केवल सोच का फर्क है। यही सोच रिश्तों को परिभाषित करती है। यह कहानियां इन्हीं सोचों की ओर संकेत कर रही है।

आभार

मैं अपनी पत्नी श्रीमती तारा जोशी को धन्यवाद देना चाहूंगा जिन्होंने इस कहानी संग्रह को पढ़कर अपने मत अभिव्यक्त किये। इस कहानी संग्रह के निर्माण में मेरी बिटिया गरिमा का आभार व्यक्त करता हूं जिसने इसके लिए अपना अमूल्य समय और परिश्रम प्रदान किया। यह किताब उसी के प्रयासों का सार्थक परिणाम है। साथ ही अपने पुत्र हर्षित को धन्यवाद देता हूं जिसने इस काम में सकारात्मक सहयोग प्रदान किया।

1

अनजान

पत्नी के साथ बातचीत हो रही थी। पता नहीं कहां से ऐसा विषय आ गया जिसमें एक मां पिता ने अपनी बेटी का कत्ल कर दिया। शायद अखबार की खबर रही होगी । मीरा ने कहा, ", पता नहीं कैसे कैसे लोग हैं जो अपनी ही संतान का मर्डर कर देते है"।

मैंने कहा, " यह दुनिया बहुत बड़ी है। विभिन्न प्रकार के लोग रहते हैं। यह एक मनोवैज्ञानिक बीमारी है कि लोग अपराध से जुड़े जाते है"।

पत्नी-"जानते हो कि मर्डर क्यों किया गया"।

पति- "पता नहीं"।

पत्नी- "जानते हो कि लड़की के माता-पिता के दोस्तों-यारों के बीच एक ग्रुप बन गया था। सबने मिलकर एक नया खेल शुरू कर दिया। खेल को नाम दिया गया वाइफ-हसबैंड स्वैप"।

पति- " इस खेल में क्या होता है"।

पत्नी - "आप नहीं जानते क्या। अजीब बात है। इसमें ग्रुप के लोग नियमित रूप से पति-पत्नी की अदला-बदली करते है"।

पति - " इस खेल का बेटी के कत्ल से क्या ताल्लुक"।

पत्नी- " यह खेल जब इनके यहां चल रहा था तभी बेटी उठ गई। उसने सारा खेल देख लिया। बात कहीं खुल न जाए इसलिए बेटी का कत्ल कर दिया।"।

पति - " अच्छा तो यह ऑनर किलिंग का मामला लगता है"।

पत्नी चाय बनाने चली गयी। मैं सोचने लगा कि लोग कैसे हो गये है। सामाजिक सम्बन्धों का कोई महत्व नहीं रह गया है। कई लोग लिविंग इन रिलेशनशिप में रहने लगे हैं तो कहीं विवाहोत्तर सम्बन्ध के बारे में अक्सर सुना जाता है। लगता है कि कुछ समय बाद सामाजिक सम्बन्धों एवं संस्थाओं का महत्व एकदम समाप्त हो जाएगा। किसी को इन संस्थाओं के पुर्नउत्थान के लिए आंदोलन करना होगा।

इतने में मीरा चाय लेकर आ गयी। बोली, "क्या सोच रहे हो"।

मैंने कहा, " बदलते सामाजिक पर्यावरण के बारे में सोच रहा था"।

मीरा, "अब छोड़िए। चाय पी लिजिये और ज़रा बाजार तक जाकर कुछ सामान ले आइए"।

मैं थैला लेकर बाजार की ओर चल पड़ा। मगर मेरा ध्यान वाइफ हसबैंड गेम पर ही था। अचानक पन्द्रह वर्ष पुरानी बात याद आ गई। मेरी पत्नी की दोस्त मीना थी। हम लोग एक ही शहर में रहते थे। एक दूसरे के घर आना जाना था। अचानक एक दिन मीना के पति आलोक का निधन हो गया। भरी जवानी में वह विधवा हो गयी थी । दो छोटे बच्चे थे। हम अक्सर मीना के हाल लेने उससे मिलने जाते थे। अपनी हैसियत से उसकी सहायता भी कर देते थे। अचानक एक दिन मेरा ट्रांसफर दूसरे शहर में हो गया। हम लोग जल्दी ही शिफ्ट कर गए।

एक दिन मीरा से कहा कि सरकारी काम से मेरठ जाना है।

मीरा ने कहा, "जा रहे हो तो मीना से मिलकर आना और उसके बच्चों के हाथ में कुछ रुपए रख आना। उसके काम आ जाएंगे। मीना के हाल भी मालूम हो जायेगें। हो सकता है कि उसे मृतक आश्रित कोटे से नौकरी मिल गयी हो"।

मैं अगले दिन मेरठ गया। दिन भर दफ्तर के काम में व्यस्त रहा। मित्रों से बातें होती रही। शाम को मीना के यहां जा रहा था तो देखा कि वह अभिषेक के साथ बात करती हुई जा रही थी। पहले तो मैं रोकने की सोच रहा था मगर सोचा कि सरप्राइज दूं। मैं उनके पीछे चलने लगा और उनकी बातें सुनने लगा।

अभिषेक मीना से कह रहा था, " अब सब कुछ सामान्य हो गया है। तुम अकेली हो गयी हो। राजन के जाने के बाद से हमारा खेल भी कम हो

गया है। अब तुम लौट आओ तो खेल में मज़ा आ जाए। राजन तो गया। उसी ने यह खेल शुरू किया था। हम लोग ज़िन्दगी के मज़े लूटने रहे थे"।

मीना- "अब बहुत मुश्किल है। मेरे ऊपर सामाजिक बंधनों का ढेर हैं"।

अभिषेक- " कब तक ऐसी जिंदगी व्यतीत करोगी। जाने वाला चला गया। हम लोग आपस में पति-पत्नी बदल जाते थे। किसी को कुछ पता भी नहीं चला। तुम निर्मल से बात करो। तुम उसे लेकर आओ। अभी तक शादी नहीं हुई है।

उसे भी अनुभव मिल जाएगा और तुम्हें जिंदगी जीने का नया तरीका मिल जाएगा।"

मीना- "ठीक है मैं निर्मल से बात करूंगी। आशा है कि वह इस खेल के लिए मान जाएगा। वैसे भी अक्सर घर आता जाता है"।

मैं अवाक रह गया मीना और अभिषेक की बातें सुनकर। राजन और मीना ऐसा खेल खेलते थे और अब मीना दोबारा खेल का हिस्सा बनने जा रही है। उसकी जिंदगी है। हर एक को अपनी तरह से जीने का अधिकार है।

मीना जब अपने घर पहुंची तो कुछ देर बाद मैं भी पहुंचा। जानबूझकर मैंने पहुंचने में देर की।

मैंने बेल बजा दी। मीना ने दरवाजा खोला

"आइए! कब आना हुआ"।

मैंने कहा , "ऑफ़िस के काम से आया था मीरा ने हाल पूछा है। वापस भी जाना है"। मैंने

मीना- "आज रूक जाते तो अच्छा रहता। बच्चे आप लोगों को याद करते हैं"।

मैंने कहा,- "अगली बार मीरा के साथ आएँगे तो अवश्य ठहरेंगे। कभी तुम भी बच्चों के साथ आना"।

देखा तो घर में बच्चों के साथ निर्मल है। मीना चाय ले आई। चाय पी कर मैंने बच्चों के हाथों में कुछ रुपए रख दिए फिर विदा ले कर बाहर आ गया।

अचानक यह यात्रा विवरण याद आ गया। कभी भी मीरा को मीना के इस तरह के व्यवहार के बारे में जानकारी नहीं दी और वर्षों तक अनजान बना रहा। शायद भविष्य में भी अनजान बना रहूँगा।

2

अनुपयोगी

"मैंने अपने पुराने कपड़े कामवाली को दे दिए। एक साड़ी भी थी, कई बार पहन चुकी थी। उससे बोर हो गयी थी।" कांता महिलाओं की गोष्ठी में बखान कर रही थी।

"अरे! मैंने तो इनके कपड़े भी दे दिए उसके पति के लिए। कितना ही दो, फिर भी इन्हें संतोष नहीं होता है । काम छोड दिया।" हेमा ने कहा।

"मैं तो अपने बच्चों के कपड़े भी इन लोगों के बच्चों के लिए निकाल देती हूं। इनकी निगाहें भी घर के सामानों पर ही रहती है" रमा बोली।

"इतना ही नहीं मैं तो पुरानी वस्तुएं भी देती हूं। परदे नए लिये तो पुराने मांगने लगी। मैंने कहा, " ले जा। खुश रह।"

इस तरह की बातें महिलाओं के मध्य चल रही थी। सब अपनी अपनी दानवीरता के किस्से सुना रही थी। तभी सामने बैठा हुआ एक लड़का बोला, " बड़ी दानवीर बनती हो। अपना घिसा पिटा बेकार सामान दे दिया तो कौन सी नयी बात कर दी। नया खरीद कर देते तो हम भी दाद देते ।आप लोगों ने वे चींजे दी जो आपको अनुपयोगी लग गई थी।

सारी महिलाएं इससे पहले की कुछ कहती लडका तेजी से चला गया।

3

अपने मन की

आज पार्क में कोई भी नहीं आया। पता नहीं क्यों। कहीं कोई वारदात तो नहीं हो गयी। आजकल कुछ कहा नहीं जा सकता कि पता नहीं कहां कोई हिंसात्मक घटना न हो जाए। मैं अकेला ही पहुंचा था। रिटायरमेंट के बाद हमारा एक ग्रुप बन गया था जिसके सदस्य सुबह शाम दोनों समय मिलकर गपशप करते और पार्क के पास चाय की दुकान पर चाय पीकर अपने अपने घरों को प्रस्थान कर जाते हैं। यह ग्रुप का नियमित कार्यक्रम बन गया था। मैंने कुछ देर तक प्रतीक्षा करने की सोची। कोई नहीं आएगा तो लौट जाऊंगा ।

पार्क की घास पर बैठे बैठे पुरानी बातें याद आने लगी।

नैनीताल में हमारा घर था। बारिश के मौसम में ताल के ऊपर कोहरा छाया रहता था। मुझे कोहरा का इस तरह से ताल के ऊपर घूमना बहुत अच्छा लगता है। कोहरे का इधर से उधर आना जाना को देखना शौक बन गया था। कई बार मेरा पूरा दिन कोहरा देखने में बीतता। अचानक मुझे पूरन की याद आ गयी। मेरे साथ कॉलेज में पढ़ता था। उसके दोनों भाई अमेरिका में बस गए थे। वह अक्सर कहते कि मुझे पढ़ने के बाद अमेरिका जाना है। जब तक मां है, उसके साथ रहना। पूरन को आंचल बहुत अच्छी लगती थी। उसी की कक्षा में पढ़ती थी। पूरन अक्सर उसका पीछा करता था। एक दिन पूरन और मैं साथ साथ घूम रहे थे कि सामने से आंचल आ रही थी। पता नहीं कि पूरन को क्या हुआ कि उस ने आंचल

का हाथ पकड़कर बोला, " मैं तुम्हें प्यार करता हूं और तुमसे शादी करना चाहता हूं।"।

आंचल हाथ उसका हाथ अलग करते हुए ज़ोर से बोली, " कभी देखी है शक्ल शीशे में। बंदर कहीं का"।

पूरन गुस्से में तमतमा गया और चिल्ला कर बोला, "मैं तेरे को अमेरिका ले जाता मगर तेरे भाग्य में यहीं मरना लिखा है"।

इतना कहकर उसने आंचल को धक्का दिया। आंचल गिरते गिरते बची। किसी तरह मैं बीच बचाव करके पूरन को अपने साथ ले गया। रास्ते भर पता नहीं वह क्या क्या अज़ूल फ़िज़ूल बोलता रहा। लगता था कि उसे आंचल ऐसी उम्मीद नहीं थी। नैनीताल छोटी जगह है। लोग एक दूसरे को पहचान है। हो सकता है कि आंचल पूरन को जानती हो या उसे पूरन का तरीका पसंद न आया हो।

अगले दिन पूरन का आंचल के भाइयों से झगड़ा हो गया। वे अपनी बहन का बदला लेने को आतुर थे। हल्की मारपीट या धक्का मुक्की हुई थी। खैर मित्रों के हस्तक्षेप से मामला शांत हुआ। इसके बाद पूरन ने कभी आंचल का पीछा नहीं किया।

इस घटनाक्रम का प्रभाव मुझ पर भी पड़ा। एक लड़की स्कूल बस से आती थी। वह दस बजे से शाम चार बजे तक रहती थी। मैं सुबह से ही उसकी प्रतीक्षा करने लगता था। उसे देखने लगता। मेरा यही क्रम सायं काल का भी हो गया था। शायद उसे भी इसका अंदाजा हो गया था। एक दिन मेरे दोस्त ने बताया कि उसकी बड़ी बहन बहुत खतरनाक है। सीधे चप्पलों की बरसात करती है। परिणाम यह हुआ कि मैंने उस लड़की को देखना छोड़ दिया।

यादें आती रहती है। व्यक्ति जब तन्हाई में होता है तो उसे अतीत की बातें याद आने लगती है। इधर हाल में मेरे दो मित्रों के निधन का समाचार मिला। प्रकाश और एक और मित्र भुवन ने प्रेम विवाह किया था। प्रकाश के घर वालों ने विवाह के लिए स्वीकृति दे दी थी मगर भुवन के परिवार के लोगों ने उससे सम्बन्ध तोड़ कर उसे घर से बाहर निकाल दिया था। दोनों की पत्नी नौकरी करती थी इसलिए उन्हें कोई फर्क नहीं पड़ा। उन दोनों ने अपने मन से निर्णय लिया था। हमारे जमाने में प्रेम

विवाह करना अत्यधिक साहस का काम माना जाता था। अनिल बहुत डींगे मारता था। लड़कियों के बहुत किस्से बहुत सुनाता था मगर कोई भी लड़की उसे नहीं मिली। आखिरकार उसने घरवालों की पसंद को ही अपनी पसंद मान लिया।

गोविंद और जीवन भी दोस्त थे। जीवन अजीब किस्म का इंसान था। कक्षा में अध्यापकों से अजीब किस्म के प्रश्न पूछता था वह अपना सायंकालीन समय दोस्तों के साथ न गुजार के मंदिर में बैठे साधुओं के साथ व्यतीत करता था। उसे लड़कियों से कोई मतलब नहीं था। एक दिन मेरे ऑफिस में आया और एक फूल देकर बोला, " तुम्हारा कल्याण हो"।

मैंने पूछा, " कहां हो। कैसे हो"।

उसने मेरी बात पूरी नहीं होने दी और बोला , "यहां पास में मेरी गुफा है। तुम अवश्य आना।"

इतना कहकर वो चला गया। पता चला कि वह साधु बन गया था।

गोविंद नौकरी पा गया था। अनुभा से विवाह करना चाहता था मगर उसकी बहन की शादी होनी थी। पिता थे नहीं, बड़े भाई ने स्पष्ट कहा कि जब तक मीता का विवाह नहीं हो होता तब तक विवाह का नाम मत लेना। बाद में पता चला कि मीता की शादी इस शर्त पर हुई कि मीता के होने वाले पति की बहन का विवाह गोविंद से किया जाए। सीधा अर्थ अदला बदली। बड़े भाई ने कहा-गोविंद तुम्हें इस लड़की से शादी करनी है। गोविंद को मन मारकर मंडप में बैठना पड़ा।

शुभा एक खूबसूरत लड़की थी। सुभाष उससे विवाह करना चाहता था। इससे पहले कि वह अपनी बात शुभा से कह पाता, वह डोली में बैठकर विदा हो गयी। बेचारा सुभाष। अच्छी नौकरी में था मगर बात करने में देरी कर दी।

अकेले बैठना बड़ी बोरियत का काम है। केवल ख्यालों में डूबे रहो। खैर मेरी नौकरी मैदानी क्षेत्र में लगी तो नैनीताल छूट गया। शुरू शुरू में तो नैनीताल आना जाना लगा रहता था मगर एक बार घर बसा लो तो सब कुछ चारदीवारी तक सिमट जाता है मेरे दो बच्चे है। दोनों बच्चे अपनी अपनी जिंदगी में व्यस्त हैं। वैसे भी यह जमाना ऐसा है कि व्यक्ति आधुनिक उपकरणों के साथ व्यस्त हो गया है। यदि मैं आज

अकेला महसूस कर रहा हूं तो कौन सी अलग बात है। घर के अंदर भी तन्हाई का एहसास होता है। सब अपने अपने में व्यस्त हैं। कोई मोबाइल में, कोई नेट में, कोई फेसबुक, टीवी में। कितनी बदल गई है ज़िंदगी।

सोचा था कि रिटायरमेंट के बाद पहाड़ों में जाकर बसूंगा। शांत वातावरण में। घर वालों के आगे नहीं चली। उनके तर्क से मैं हार गया और एक फ्लैट ले लिया। बस अब यह पार्क और घर ही लगता है कि सब कुछ है।

अचानक एक दिन पूरन से मुलाकात हो गयी थी। मैंने मजाक में कहा, " उस लड़की के क्या हाल है। पता तो अवश्य किया होगा"।

पूरन ने कहा, " यहीं बर्तन साफ कर रही है। चार बच्चों की मां है। भाग्य में अमेरिका जाना था ही नहीं"।

हम दोनों पुरानी यादों को लेकर बहुत देर तक हंसते रहे।

एकाएक पूरन ने पूछा, " तेरी बस वाली क्या हुआ"।

मैंने कहा, "मैंने तो कभी देखी नहीं। यही कहीं रहती है सुना"।

खैर बातें आयी गयी हो गयी।

यादें तो ढेर सारी है। रामलीला के दिनों में हम दोस्त लोग रामलीला देखने के बहाने घर से बाहर रहते। उद्‌देश्य था मदिरा पान। थोड़े थोड़े पैसे एकत्रित करके पीने का जो आनंद था वो आज सामने रखे गिलास में नहीं है। एक बार सबने मिलकर एक बियर खरीदी और घूंट लगाने को लेकर छीना-झपटी क्या हुई कि गोविंद का एक दांत टूट गया। छिप छिप के काम करने का मज़ा ही कुछ और ही है।

एकाएक लगा कि पार्क में बैठे बहुत देर हो गयी है। आज पूरा समय पुरानी यादों में ही बीतता गया। मैंने सोचा अब की नैनीताल की बरसात का आनंद लेने जाऊंगा जहां कभी मैं समय व्यतीत करता था। यह समय बताएगा कि

अपने मन का कितना कर पाता हूं।

4

इज्जत

मैंने अपना स्कूटर बिकाऊ कर रखा था। बात सन् १९८०की है। उस समय स्कूटर होना बहुत बड़ी बात मानी जाती थी।स्कूटर पुराना था लेकिन बिक नहीं रहा था। लोग आते मगर देखकर वापस चले जाते। मात्र दो हजार में भी कोई लेने को तैयार नहीं था।

एक दिन एक आदमी स्कूटर देखने को आया। गांव का लग रहा था। मैंने बड़े बेमन से उसे स्कूटर दिखा दिया। उसने कहा कि मैं कल आऊंगा और पैसे देकर ले जाऊंगा। अब। आप अन्य किसी को मत बेचना। अगले दिन वह आया और एक थैले से उसने रेज़गारी निकाली और बोला गिन लिजिए। कोई मोलभाव नहीं किया। मैंने बिना गिने ही थैला रख लिया। मैंने कहा कि क्या तुम्हारे पास नोट नहीं थे जो इतनी रेज़गारी लेकर आए। वह बोला, "पूरे दो साल लग गए जमा करने में। मुझे स्कूटर चलाना नहीं है, केवल घर में खड़ा रखना है।"

मैंने पूछा, "ऐसा क्यों"

वह कहने लगा, "दो साल पहले मेरी मां बीमार हुई थी। मैंने पड़ोसी से कहा कि मां को अपने स्कूटर से डांक्टर के पास ले चलो। उसने साफ मना कर दिया था। तब से बात चुभ गयी। मैंने तय किया कि मैं स्कूटर लेकर रहूंगा कि मैं भी स्कूटर रख सकता हूं। यह मेरी इज्जत का सवाल था। इसी कारण मैंने पाई पाई जमा की।अब यह स्कूटर मैरे घर में खड़ा रहेगा और

वह चिढ़ता रहेगा।"

इतना कहकर उसने स्कूटर लेकर चला गया।

5

प्रयास

घटना २००९ की है। लोकसभा चुनाव का समय था। मेरी चुनाव में ड्यूटी लगी थी। मतदान का दिन। पन्द्रह मतदान केन्द्रों पर मुझे निरीक्षण करना था।भ्रमण के दौरान मैंने पाया कि अधिकांश मतदान केन्द्रों पर कम मतदाता थे लेकिन एक बूथ पर मत देने के लिए लम्बी लाइन लगी हुई थी। जिज्ञासा वश मैंने एक व्यक्ति से पूछ लिया कि क्या बात है कि इस गांव के बूथ में लम्बी लाइन लगी है। उस व्यक्ति ने बताया कि इस गांव में पहली बार बूथ बना है। इससे पहले इस गांव का बूथ दूसरे गांव में बनता था। हम लोगों को तीन किलोमीटर दूर तक चलकर वोट डालना पड़ता था। हम सभी गांव वासियों ने तय किया कि गांव में मतदान केन्द्र बनवा कर रहेंगे। बहुत प्रयास किया गया। कई बार अधिकारियों से मिले। बार बार ज्ञापन दिये गये। यहां तक कि आयोग को भी लिखा गया। बड़ी मुश्किल से निरीक्षण हुआ। तब जाकर यहां बूथ बना। यह हमारी गांव की प्रतिष्ठा का प्रश्न था कि बूथ यहां बने और हम अपने गांव में ही मतदान करें। बूथ यहां बना रहे इसके लिए सभी लोग मतदान कर रहे हैं। इसी कारण लाइन लगी हुई है। मुझे लगा कि अगर यह जज्बा हर जगह हो जाएं तो देश की सूरत ही बदल जाएगी।

6

इन्तहा

शाम का समय हो गया था। सर्दियों के दिन। अंधेरा धीरे धीरे अपने कदम बढ़ाने लगा था। ट्रेन से उतर कर मैं बाहर आया तो कोई भी सवारी उपलब्ध नहीं थी। छोटे स्टेशनों पर सवारी मिलना मुश्किल रहता है। मैंने पैदल चलने का मन बना लिया था। अभी कुछ दूर ही चला था कि सामने से एक तांगा आता हुआ दिखाई पड़ गया। मन में तसल्ली हुई कम से कम चार पांच किलोमीटर पैदल तो नहीं चलना पड़ेगा। मैंने तांगे वाले से पूछा, "कस्बा जाओगे?"

तांगेवाले ने कहा, "चलेंगे। एक रुपया लगेगा। थोड़ा घूम के चलेंगे। दो लोगों को नदी के पास जाना है।

तांगेवाला मांग तो ज्यादा रहा था मगर मेरी मजबूरी थी। कोई अन्य साधन उपलब्ध नहीं था। मैं तांगे पर बैठ गया। देखा तो तांगे के एक तरफ लाश बंधी हुयी थी। चार लोग बैठे हुए थे। मैंने पूछ ही लिया," क्या कोई मर गया है?"

एक आदमी बोला, " हम भी आप की तरह सवारी है। जो दो लोग साथ बैठे हैं उन्हीं से पूछिए।"

इतने में साथ में बैठा आदमी कहने लगा, "हमारे घर के बुजुर्ग थे। मर गए है। हम ले जा रहे हैं।"

मैंने कहा, "अब रात हो चुकी है। क्या
लकड़ी इत्यादि व्यवस्था हो जाएगी?"

साथ में बैठा आदमी बोला, "लकड़ी की कोई जरूरत नहीं है। श्मशान किनारे जो नदी बहती है उसी में बहा देंगे।"

जिज्ञासावश मैंने पूछा, "आप दोनों हैं। बाकी लोग कहां हैं?"

आदमी कहने लगा, "हम बहुत गरीब हैं। पैसा कहां हैं? खाने को तो है नहीं। इन्हें कहां से फूंके। बस बहा देंगे। यह गरीबी है। जिवित रहने पर खाने को नहीं। मरने पर लकड़ी भी नहीं मिलती"।

मैंने इस तरह की गरीबी पहली बार देख महसूस की थी। थोड़ी दूरी पर दोनों लाश को लेकर उतर गये।

तांगेवाला बोला, "एक रुपया में लाश शमशान तक पहुंच गई। रात किसी कोने में काट लेंगे। कल जाएंगे पैदल। बड़ी मुश्किल से लाश के लिये पैसा एकत्रित कर पाए थे।"

कस्बा आ गया था। मैंने जेब से एक रुपया निकाल कर तांगे वाले के हाथ में रखा और अपने घर को चल दिया।

7

केयरटेकर

अखबार में विज्ञापन पढ़कर अमृत और सुधा ने किराये के लिए मकान को देखने का फैसला कर लिया। विज्ञापन में लिखा था कि मकान मालिक विदेश में रहता है और तीन कमरे का एक सेट किराये के लिए उपलब्ध है। सुधा और अमृत रविवार की शाम को मकान किराए में लेने के लिए बात करने के लिए नियत स्थान पर पहुंच गए। ये लोग शहर में नये आए थे। मकान पसंद भी आ गया। सारी बातचीत भी हो गई थी किराये ,बिजली, पानी आदि के बारे में। इतने में मकान मालिक सुधीर ने कहा, " देखो!भाई साहब! मकान आपको पसंद आ चुका है। सारी बातें भी हो चुकी हैं। मकान के दूसरे भाग में मेरे वृद्ध माता-पिता रहते हैं। मैं अपने परिवार के साथ विदेश में रहता हूं। मां बाप रहते हैं।"

सुधा ने कहा, " इसमें परेशानी की क्या बात है।"

सुधीर बोला, " कोई नहीं है। अब आप आ जाएंगे तो सारी परेशानियां अपने आप खत्म हो जाएंगी। आप रहेंगे तो मेरे वृद्ध माता-पिता का साथ हो जाएगा। आपके रहने से उनकी देखरेख हो जाएगी और हम भी निश्चिंत हो जाएंगे। आप लोग इन की छोटे कामों में सहायता कर दीजिएगा। कभी बीमार हो जाए तो डांक्टर के पास ले जाने का कष्ट कर देना। ये लोग कभी किसी काम के लिए कहें तो कर दीजियेगा। हम लोग तो बहुत दूर है। कई बार तो सालों तक आना ही नहीं हो पाता है। ये लोग हमारे साथ चलना ही नहीं चाहते हैं। हां कभी कभार यदि बहुत

आवश्यकता हुई तो इन के पास ही रह जाइएगा।"

अमृत ने कहा, " बहुत अच्छा! कुछ किराये में कमी कर पाएंगे। किराये तो आप बहुत ज्यादा मांग रहे है।"

सुधीर बोला, " इसमें हम कोई छूट नहीं दे सकते है। आपको कम ही बताया है। हमें तो बहुत लोग अधिक किराये देने वाले मिल रहे हैं। आप अच्छे लोग हैं इसलिए आप को रख रहें है।"

अमृत, "माफ़ कीजिएगा! मैं मकान किराए पर लेने आया हूं। आपके माता-पिता का केयरटेकर बनने नहीं। आप को जो ज्यादा किराये दे रहे हैं उन्हें ही दे दीजिए। आजकल केयरटेकर की फीस की जानकारी तो आपको होगी ही। अब नया विज्ञापन दीजियेगा और उसमें लिखिए

कि मकान के लिए ऐसा किरायेदार चाहिए जो वृद्ध माता-पिता का केयरटेकर भी बनने की योग्यता रखता हो।"

इतना कहकर अमृत और सुधा कार की तरफ मुड़ गये।

8

कौन अपना

शहर में मकान के सामने एक पति पत्नी ने वृद्धाश्रम खोल रखा था। सामने बालकनी से आश्रम का पूरा नजारा दिखाई पड़ता था। धीरे धीरे मेरा आश्रम के मालिक से परिचय हो गया था। बातचीत के क्रम में जानकारी प्राप्त हुई कि दस लोग यहां रहते हैं। सभी से एक निश्चित धनराशि ली जाती थी। इसी से आश्रम के मालिक आलोक और उनकी पत्नी का परिवार और बाहर पढ़ाई कर रहे बच्चों का खर्च चलता था।

एक दिन अचानक मेरी नजर आश्रम में रहने वाली महिला पर पड़ी। वह कुछ अजीब सा बर्ताव कर रही थी और आश्रम के लोग उसे पकड़े हुए थे। मैंने भी यह सब तमाशा देखा लेकिन मेरी उस महिला के बारे में जानने की इच्छा प्रबल होती गयी। आखिरकार मैंने आलोक से पूछ ही लिया कि वह महिला कौन है। आलोक कहने लगा, " इस महिला का नाम विष्णु कुमारी है। यही आसपास की रहने वाली है। जब यहां आई थी तो काफी ठीक थी तभी हमने रख लिया। आजकल कुछ परेशान और डिप्रेशन में है। कभी कभी ऐसा लगता है कि पागलपन के दौरे भी पड़ने लगे हैं। अस्सी की होने वाली है।"

मैंने कहा कि क्या तुमने इस के घर वालों को सूचना दी। तब आलोक ने कहा, " कई बार दी है। कोई नहीं आता है मिलने। आश्रम का पेमेंट इन की पेंशन से हो जाता है। एक सरकारी स्कूल में शिक्षिका थी।"

मैंने फिर पूछा, " कोई तो होगा इनका। "

“ हैं। बहुत बहुत लोग हैं। भाई, बहिनें,भतीजे कई है पर अपनी संतान नहीं थी। पति की मृत्यु के बाद यह अपने घर में आराम से रहती थी। एक बार इनकी तबियत बिगड़ी तो बहन अपने साथ ले गयी लेकिन बहन के पति और बच्चों को रहना पसंद नहीं आया। कुछ दिनों के बाद भाई अपने साथ ले गया। वहां भी यही कहानी दोहराई गई। कौन किसको अपने साथ रखना चाहता है। अब पुराना जमाना तो रहा नहीं कि बूढों को लोग रख लें। होता क्या! कुछ दिनों बाद दूसरे भाई का बेटा यह कहकर ले गया कि मैं देखरेख करुंगा। सुना है कि दोनों भाइयों के बेटों ने सारे गहने ले लिये और धीरे धीरे चेकों पर साइन करवा के सारे पैसे हड़प लिये। जब सब पूरा हो गया तो यहां छोड़ गए। अगर

हमें यह सब पहले मालूम हो गया होता तो इन्हें रखते ही नहीं। इनके पति के भाई भतीजे है मगर कोई पूछता नहीं है। जब तक व्यक्ति ठीक रहता है और उसके पास पैसा होता है तभी लोग पूछते है।” आलोक ने बात पूरी की।

“ क्या यह आपके लिए कोई समस्या तो उत्पन्न नहीं करती है” मैंने अपनी जिज्ञासा को आगे बढ़ाया।

“ जब कोई आता है तो यह उसका हाथ पकड़ लेती है और कहती है कि मुझे मेरे भाइयों और बहनों के पास ले चलो। बड़ी मुश्किल से उसका हाथ छोड़ती है। कभी कभी आश्रम में रहने वाले लोगों को भी परेशान करती हैं। होने को तो इन

के रिश्तेदार उच्च पदों पर रहे हैं मगर कोई जिम्मेदारी नहीं लेना चाहता है। कारण यह है कि सभी वृद्ध हो चुके है और बीमारियों से ग्रस्त है। आजकल बच्चे अपने मां बाप को देख लें, बहुत बड़ी बात है, दूसरों के लिए कौन सुनता है। अगर यह सब नहीं होता तो वृद्धाश्रम खोलने आवश्यकता क्यों पड़ती। अब तो कई लोग समय व्यतीत करने के लिए भी इन आश्रमों में रहते हैं।

काफी हद तक मेरी जिज्ञासा शांत हो चुकी थी । मेरी बालकनी से वृद्धाश्रम का पूरा दृश्य नजर आता है। एक दिन देखा कि कई लोग विष्णु कुमारी को पकड़ कर ले जा रहे थे। समझ में नहीं आया कि क्या माजरा है। थोड़ी देर बाद मैं आलोक के पास पहुंच गया जानकारी लेने के

लिए। पता चला कि विष्णु कुमारी पागलखाने ले गये है।

कुछ दिनों के बाद मालूम हुआ कि विष्णु कुमारी का निधन हो गया है। सूचना देने पर भी कोई रिश्तेदार नहीं पहुंचा था। पागलखाने के कर्मचारियों ने ही उनका दाह संस्कार किया । सब कुछ होने पर भी एक लावारिस की तरह अन्तिम समय गुजरा।

9

कारण

उमेश की उम्र अस्सी के पार हो चुकी थी। भारत-पाक तनाव ने उसे बेचैन कर रखा था। पुलवामा में चालीस जवानों की शहादत ने उसे झिंझोड़ दिया था। उसका मन हर समय उदिग्न रहने लगा था। ऐसा तो उसे कभी भी नहीं हुआ था। हर समय मस्तिष्क में अजीब अजीब सी आवाजें गूंजती रहती थी।उसे लगा कि वह पागल हो जाएगा। उमेश को अपने आप से घृणा होने लगी थी।

उमेश एक अधिकारी के पद पर कार्यरत था। अपने सेवा काल में उसने सही काम कम किये थे और गलत काम ज्यादा। वह केवल पैसे के पीछे भागता रहा। पैसा कमाना ही उसका एक मात्र लक्ष्य था। इसी कारण उसने गलत और अनैतिक साधनों का भरपूर इस्तेमाल किया। कभी भी उसे किसी तरह की ग्लानि महसूस नहीं हुई थी। प्रत्येक मामले में ज़बरदस्ती वसूली करता था। बड़ी चालाक तरीके से उसने अपनी गलत कमाई को ठिकाने लगा लिया था। बहुत एश-आराम की जिंदगी व्यतीत की। कभी कोई चिंता नहीं। लेकिन अब मन हर समय उद्द्वोग्न रहने लगा था। इसके पहले भी कई लड़ाई हुई थी मगर उसे जरा भी फर्क नहीं पड़ा था। पैसा और पैसा कमाने से ही मतलब था।

अब दिल घबरा रहा है। यह मैंने क्या किया। पूरा जीवन गलत कामों को करने में ही गुज़ार दिया। लोग देश के लिए शहीद हो रहे है। बाकी लोग भी किसी न किसी तरह से राष्ट्र के हित में योगदान कर रहे हैं

और राष्ट्रीयता में वृद्धि कर रहे हैं। मैंने क्या किया। केवल अपने बारे में ही सोचा। केवल अपना स्वार्थ। छी: छी: छी:। काश ! एहसास मुझे पहले हो जाता। आत्म ग्लानि भर गयी थी उसके अंदर। कई रातें सो नहीं पाया। कुछ दिनों बाद एक नहर के किनारे उसका शव बरामद हुआ। मरने कारण क्या था, कोई जान नहीं पाया। बीमारी या आत्महत्या।

कुछ दिनों बाद खबर छपी कि एक अवकाश प्राप्त अधिकारी ने अपनी सारी संपत्ति राष्ट्र को समर्पित कर दी।

10

टकटक

जूतों की टकटक आवाज करती जब वह स्कूल को निकलती तो आंखें उसी पर टिकी रहती थी। मैं उसे जाते हुए देखते रहता था। बहुत अच्छा लगता था। शहर के एक बंगले से निकल कर जाने माने अंग्रेजी स्कूल में चली जाती थी। उसके चलने में एक रौब सा रहता था। एक नया अंदाज था। बात तब की है जब अंग्रेजी स्कूलों में पढ़ना हर किसी के वश में नहीं था। कुछ विशेष घरों के बच्चों की पहुंच उन स्कूलों तक थी बाकी तो सरकारी या नगरपालिका के स्कूलों में ही अपना सिर खपाते थे।

उसका रोज स्कूल के समय का इंतजार करना ही मेरा जीवन का लक्ष्य बन गया था। उसको नित्य देखना ही आदत में शुमार हो गया था। अपन तो सरकारी स्कूल के मुलाजिम थे मगर दिल में तमन्ना थी कि हम भी स्कूल में उसके साथ होते। उसके साथ चलते, बातें करते

और उसकी खुशबू में खो जाते। उसके साथ खेलते, गप्पें मारते , पता नहीं क्या क्या करते। तमन्ना तमन्ना ही रह गयी। पता नहीं कहां गायब हो गयी ढेर सारी तमन्नाएं। यह हाल मेरा ही नहीं था। कई लड़के उसके इंतजार में घंटों खड़े रहते थे। छिप छिपकर भी उसके दीदार को बैचेन रहते। समूह में बातों का भी केन्द्र बिंदु वही रहती। हरेक की अपनी तमन्नाएं थी। सपने थे। मैं अपनी बात और सोच तो बता सकता हूं। दूसरों की सोच नहीं बता सकता। लगता था कि सारी सोचें एक ही दिशा में बह रही थी उसके निकट पहुंचने के संदर्भ में।

चार वर्षों का अंतराल यूं ही उसे देखते देखते कब निकल गया, पता ही नहीं चला। उसके जूतों की टकटक आवाज़ बहुत ही मधुर लगती थी। ऐसा लगता है शायद उसके सपने देखने वालों ने उसका नाम टकटक रख दिया था। सायं कालीन सत्र में लड़के समूहों में उसके बारे में बातें करते थे और उसके बंगले की तरफ जाती सड़क पर चक्कर लगाते थे और बंगले को निहारते रहते थे। एक मात्र लक्ष्य बस दिख जाए वह। एक झलक पाने को बेताब रहते थे। कोई भी लड़का यह जाहिर नहीं होने देता था कि वह टकटक के लिए सड़क पर घूम रहा है। कोई नहीं चाहता था कि दूसरा कोई जाने कि वह क्या सोच रहा है। कोई भी अपना सपना किसी के साथ साझा नहीं करना चाहता था। सपने में हर कोई उसे बुलाता रहा होगा। सपने तो अपने होते हैं। सोच भी अपनी होती है। जिसे चाहो उसे बुलाओ। कोई रोक नहीं सकता। हरेक के अपने सपने और सोच। पता नहीं लड़के उसे कैसे बुलाते होंगे। किनारे किन रूपों में टकटक पहुंचती होगी।

वह स्कूल से कालेज पहुंच गई। हम सरकारी लोग भी कालेज पहुंच गऐ। उसके समीप पहुंचने की होड़ लगी रहती थी। हर कोई ऐसे उपाय सोचता जिससे वह टकटक के पास पहुंचे। अब सब अंग्रेजी और सरकारी स्कूल के लोग कालेज में थे। सारा भेदभाव समाप्त हो गया था। सब साथ अध्ययन करने लगे थे। समानता आ गयी थी। ड्रेस कोड समाप्त हो गये थे। जूतों की टकटक की आवाज सैंडिल की नयी आवाज में बदल गयी। उसका साथ बदलने लगा लेकिन उसने अपना क्लास नहीं बदला। वह उन्हीं लोगों के साथ रहना पसंद करती थी जो उसके साथ अंग्रेजी स्कूल में पढ़ते थे। कालेज में भी उसका एक विशेष ग्रुप बन गया था। बहुत मजबूरी या काम होने पर सरकारी स्कूल के विद्यार्थियों से बात करती थी। जिससे बात करती थी, वह अपने को बहुत भाग्यशाली समझता था। शायद वह दिन उसकी जिंदगी का स्वर्णिम दिन होता होगा। हमारा ग्रुप मात्र दीदार ग्रुप बन कर रह गया था। उसने कभी किसी को किसी प्रकार की लिफ्ट नहीं दी थी। इतने सबके बावजूद भी सांयकालीन सत्र में उसके बंगले वाली सड़क पर चक्कर लगाने वाले रत्ती भर भी कम नहीं हुए थे बल्कि इजाफा ही हुआ था। पता नहीं कैसी उम्मीद थी लोगों की। उम्मीद पर ही सब कुछ टिका हुआ था। हरेक उम्मीद अलग होते हुए भी बहुत

कुछ समान था।

इसी क्रम में तीन वर्ष बीत गए। टकटक कहां गई कोई नहीं जान पाया। बहुतों ने कोशिश की कि जान पाएं कि वो कहां गयी है। बंगले के करीब तक पहुंचे मगर 'कुत्तों से सावधान' लटकी हुई तख्ती को देखकर चुपचाप वापस हो जाते थे। वह चली गई मगर उसके आने का इंतजार बना रहता। निगाहें बंगले पर टिकी रहती थी। वह कब आती और कब जाती, पता नहीं चल पाता था। लगता कि हम व्यर्थ में ही वहां तक पहुंचने की कोशिश करने में लगे थे जिसका कोई अता पता नहीं था। वो एक मृगतृष्णा बन चुकी थी।

आखिर कौन कब तक इंतजार करता। जिंदगी के नए रूप आते रहते है। कुछ समय बाद सभी अपने कामों में व्यस्त हो गये थे। कोई नौकरी में और कोई व्यापार में। कोई कहीं। सब कुछ बदल गया। लेकिन जब भी उस समय के लोग मिलते हैं तो टकटक का जिक्र अवश्य होता है।

11

काम वाली

मेरे घर में काम वाली का नाम था कल्पना। उसको बिल्डिंग वालों ने उसे एक कमरा दिया हुआ था। उस में वह अपने पति दीपक के साथ रहती थी। चार सालों में तीन कन्याओं को जन्म दे चुकी थी। कल्पना और उसके सास-ससुर को लड़के की प्रबल तमन्ना थी । दीपक एक दुकान में काम करता था। अपने घर की आय में वृद्धि करने के लिए कल्पना ने पांच घरों में काम पकड़ लिया। बिल्डिंग में रहने वाले लोग यदाकदा उसकी सहायता कर देते थे।

यह बात अवश्य है कि कल्पना कहीं से भी काम वाली नहीं लगती थी। बहुत स्मार्ट लगती थी। कक्षा नौवीं तक पढ़ी हुई थी। धीरे-धीरे मेरे यहां काम करते एक वर्ष हो गया था। एक दिन बोली, " अब हम लोग यहां से जा रहे हैं अपने देश नेपाल। मेरे पिता ने दीपक के लिए सिंगापुर में नौकरी पक्की कर दी है। मेरे और दीपक दोनों के भाई भी वही काम करते हैं। खूब पैसा मिलता है वहां। बस दो चार दिन ही हम लोग यहां है।"

मैंने कहा,"अच्छी बात है। तुम तरक्की करो। ।हर व्यक्ति पैसा कमाना चाहता है।"

कुछ दिनों के बाद कल्पना अपने पति और बच्चों के साथ चली गयी। धीरे-धीरे हम भी उसे भूल गए। एक दिन अचानक उसने मेरे मोबाइल पर एक फोटो भेजी। थोड़ी देर बाद उसका फोन आया, " मैडम ! आपसे

एक बात कहूं। दीपक खूब पैसा कमा रहा है। मैंने भी घर के कामों के लिए काम वाली रख ली है। मैं भी मालकिन बन गयी हूं। आपने फोटो देखी। मैं फोटो में काम वाली से काम करवा रही हूं।"

मैंने कहा, " बहुत अच्छा। तुझे मालकिन बनने की बधाई।"

12

कैसे कैसे लोग

निर्मल प्लेटफार्म से बाहर निकल कर रिक्शा चालक से बोला," पार्क रोड गली नंबर दो चलोगे।"

रिक्शा वाला जो काफी उम्रदार था बोला," चलेंगे, दस रुपया लेंगे।"

निर्मल रिक्शा पर बैठ गया। रास्ते भर वह रिक्शा वाले से बातें करता रहा। पार्क रोड आने से पहले निर्मल बोला, " ज़रा रोकना। सामने दारू की दुकान है। एक बोतल लेकर आता हूं। तुम भी थोड़ा सा ले लेना। घर में लेना अच्छा नहीं लगता है।"

रिक्शा वाला खुश हो गया। सड़क पार अंग्रेजी शराब की दुकान का बोर्ड लगा था। निर्मल उसी तरफ चला गया। रिक्शा वाला अपनी धुन में कोई गाना गुनगुनाने लगा।

काफी देर हो गयी तो रिक्शा चालक ने दुकान पर नजर डाली तो वहां पर कोई नहीं था। पता नहीं बाबूजी अभी तक क्यों नहीं आए। शायद नमकीन लेने गये हों। कुछ देर और इंतजार करने के बाद वह दुकान पर गया और पूछने लगा कि कोई बाबूजी आए थे। कह रहे थे कि दारु लेकर आता हूं। एक आदमी जो पास में खड़ा था बोला, " जो रिक्शे से उतरे थे, गली के अंदर चले गए थे। अब आने से रहें। तुम्हें मूर्ख बना कर चल दिए।"

रिक्शा वाला समझ गया कि मुझे बेवकूफ बना कर चला गया। रिक्शा आगे बढ़ाते हुए उसके मुंह से गालियां बरस रही थी "साला कुत्ता

कमीना ---"

13

खुशी

पंकज ने अपनी पत्नी मेहा से कहा ,"जानती हो! मंयक आजकल एक तलाकशुदा महिला के साथ लिविंग इन रिलेशनशिप में रह रहा है। राकेश ने मुझे कल फोन पर बताया।"

नेहा, "क्या कर सकते है? जो करता है करने दीजिए। बड़ी मुश्किल से संभल रहा है।

पूरे दो बरसों के बाद कुछ ठीक हुआ है।"

पंकज, "तुम ठीक कह रही हो। साल भर उसके साथ रहे। हमारी देखभाल के बाद ही कुछ ठीक हो पाया था। वैसे तो सबका अपना अपना भाग्य है। क्या सोचा था, क्या हो गया? मंयक की तो ज़िन्दगी एक तरह से बर्बाद हो गयी थी। कितने अवसाद में आ गया था। किस पर किस बात का कौन सा प्रभाव पड़ जाए, कोई नहीं जानता। पता नहीं मंयक के मस्तिष्क पर किस बात का प्रभाव पड़ा कि वह अवसाद में आ गया।"

नेहा, "बड़ी मुश्किल से ठीक हुआ है मंयक। कितनी उम्मीद से मंयक का विवाह स्नेहा से किया था। पता नहीं क्या हुआ दोनों के बीच तनाव रहने लगा। शुरू से ही दोनों में करीब करीब रोज़ ही झगड़े होते थे। दोनों नौकरी करते थे। दोनों के बीच विवाद इतना बढ़ा कि बात तलाक तक पहुंच गई। वैसे तो पति-पत्नी के बीच तलाक क्यों होता है, कोई नहीं जानता है। आंतरिक बात कुछ और होती है और बाहरी आवरण कुछ और होता है। सही बात दोनों में से कोई नहीं बताता है। जब हमें मालूम हुआ

तो हमने भी मंयक और स्नेहा दोनों को समझाने की बहुत कोशिश की थी। दोनों किसी भी सूरत में समझौता करने को तैयार नहीं थे। स्नेहा के माता-पिता के प्रयास भी व्यर्थ सिद्ध हुये। मंयक और स्नेहा अलग-अलग रहने लगे थे। दोनों अलग-अलग फ्लैटों में शिफ्ट हो गए थे। दोनों ने एक-दूसरे से मिलना तक छोड़ दिया था। बात करना तो दूर की बात, दोनों को एक-दूसरे की शक्ल से भी चिढ़ हो गयी थी।"

पंकज, "कोई कुछ नहीं कर पाया। रिश्तेदारों और मित्रों सभी ने समझाने की बहुत कोशिश की मगर दोनों नहीं मानें। पता नहीं दोनों के मध्य किस बात पर क्या था। दोनों के मध्य किस बात पर दम्भ था, हम नहीं जान पाए। हमने तो मंयक का विवाह खुशियों के लिए किया था मगर परिणाम कुछ और ही निकला। किसे दोष दिया जाए? दोनों की ही गलती रही होगी। खैर किसी तरह पांच वर्षों का समय व्यतीत हुआ। आखिरकार तलाक हो गया। यह ठीक रहा नहीं तो दोनों अपनी अपनी जिंदगियां बर्बाद कर लेते।"

नेहा, "बात तलाक तक तो ठीक थी मगर मंयक ने तो नौकरी ही छोड़ दी। केवल शहर छोड़ने के कारण। वह रहना ही नहीं चाहता था जहां स्नेहा हो। पूरे दो साल तक अवसाद में रहा। ख़ैर किसी तरह से ठीक तो हुआ। अब तो नौकरी भी कर रहा है।"

पंकज, "जैसे तैसे सब ठीक चल रहा था मगर अब एक नयी बात हो गयी है। कहीं उससे कोई नयी परेशानी उत्पन्न न हो जाए। तलाकशुदा महिला के साथ रह रहा है। मैं तो सोच रहा था कि कुछ समय बाद इस का विवाह कर देते। अभी तो बहुत लम्बी उम्र बाकी है। कोई साथ हो जाता। आखिर कभी-न-कभी साथी की आवश्यकता महसूस होने लगती है।"

नेहा, "अब मैं सोचती हूं कि अगर वह खुश है तो हमें उसकी जिंदगी में अनावश्यक हस्तक्षेप नहीं करना चाहिए। जैसे रह रहा है, रहने दीजिए। बड़ी मुश्किल से खुशी मिली है उसे। उसे उसके हाल पर छोड़ देना ही ठीक रहेगा। जब तक वह न कहे, कुछ करने की जरूरत नहीं है। आज रात मैं उससे बात करुंगी।"

रात को नेहा ने मंयक से बात की।

मंयक," मां! विवाह असफल रहा। अब संगीता मिली है। उसका भी तलाक हो चुका है। वह विवाह करना नहीं चाहती है। हम-दोनों साथ रह रहे हैं। आजकल यह आम बात होती जा रही है। यह एक तरह से विवाह का नवीन बन्धनों रहित रूपांतरण है। इसी में हम दोनों की खुशी निहित है। हम बिना बन्धनों के साथी हैं। खुश हैं। भविष्य में क्या होगा, सोचना छोड़ दिया है।"

अगले दिन नेहा पंकज से बोली," कल मंयक से बात की थी। वह बहुत खुश है। उसे खुश रहने दिया जाए। वैसे भी आप कहते रहे है ,' खुश रहो हर खुशी है तुम्हारे लिए'।

पंकज," ठीक है। उसे खुश रहने दिया जाए। उसकी खुशी में ही हमारी खुशी है"।

14

चालाक

सुधीर ने सोचा कि क्यों न गांव जाकर वहां के हाल चाल से अवगत हो लूं। इसी विचार से वह गांव की यात्रा पर निकल पड़ा। गांव पहुंचे दो दिन ही हुए थे कि लॉकडाउन हो गया। गांव में सिमट कर रह गया। पत्नी अकेली शहर में। दोनों रोज़ एक दूसरे का हाल चाल प्राप्त करते रहते। बड़ी मुश्किल से दिन गुज़र रहे थे। पत्नी अलका रोज़ कहती, "जैसे ही लॉकडाउन हटेगा मैं भी आ जाऊंगी। अकेले बिल्कुल मन नहीं लगता है। पूरी तरह से बंद हो गयी हूं चार दीवारों के बीच। फ्लैट की जिंदगी वैसे भी बंद बंद सी होती है और अब तो पूरी तरह से बंद। काश! मैं भी आपके साथ निकल पड़ती।"

सुधीर, " चिंता मत करो। बस दो-चार दिनों की तो बात है। तब चली आना।"

दिन बीतने के साथ सुधीर की पहचान गांव की अध्यापिका मधु से हो गयी। बातों का दायरा कब प्रेम में परिवर्तित हो गया, दोनों को पता ही नहीं चला। अब सुधीर के दिन मजे में व्यतीत हो रहे थे। सारी जिम्मेदारी मधु ने अपने ऊपर ले ली थी। अब न खाने की चिंता और न पीने की। मधु और सुधीर एक दूसरे में व्यस्त हो गए थे। अलका तो केवल फोन पर मात्र हेलो हेलो कहने की गुड़िया बन गयी थी।

लॉकडाउन में कुछ छूट मिलनी शुरू क्या हुई कि मधु परेशान हो गयी। सुधीर से कहने लगी , " लॉकडाउन हल्का हो गया है। अब तुम्हारी

पत्नी पहुंच जाएगी। मेरा क्या होगा। हम तो फिर से अकेले हो जाएंगे।"

सुधीर," अभी ऐसा कुछ नहीं होगा। इतना आसान नहीं है आना जाना। कहीं भी आने-जाने के लिए अनुमति चाहिए। पास बनाना पड़ रहा है। साथ में कोरोना का टेस्ट भी हो रहा है।"

शाम को अलका का फोन आया। कहने लगी, " मैं बहुत बोर हो गयी हूं। मैं आ रही हूं। मैंने पास के लिए बात कर ली है। दो तीन दिन में पहुंचने की कोशिश करती हूं।

सुधीर बात काटते हुए बोला, "अभी जल्दबाजी मत करना। यहां पहुंचते ही क्वारंनटीन कर दी जाएगी। कई तरह के टेस्ट बार बार किए जाएंगे। तुम परेशान हो जाएगी। आजकल गांव का माहौल भी ठीक नहीं है। सब लोग डरे हुए हैं। कोई अगर बाहर से आ रहा है तो गांव वालों ने उसका बहिष्कार कर रखा है। घर में बंद कर देते हैं। बिल्कुल भी घर से बाहर निकलने नहीं दे रहे हैं। बेकार की परेशानी होने से क्या फायदा।अभी वहीं रहो। कुछ दिनों में सब ठीक हो जाएगा।"

अलका, "अगर ऐसी बात है तो मैं रूक जाती हूं। आप तो आ सकते है। आप आ जाइए।"

सुधीर, "आने पर मैं भी क्वारंनटीन कर दिया जाएगा। वैसे भी इधर-उधर आना जाना खतरे से खाली नहीं है। पता नहीं रास्ते में कितनों से मुलाकात हो। कोई कोरोना पाजिटिव भी हो सकता है। हां! मैं एक बात बताना भूल गया था। दो दिन पहले जो आंधी तूफान आया था उसमें मकान की एक दीवार टूट गयी है ।अब उस दीवार की भी मरम्मत करवानी है। कुछ दिन और रुक रहा हूं। तुम चिंता मत करो। बेहतर है कि हम फिलहाल अलग-अलग ही रहे। किसी भी प्रकार की जल्दबाजी जानलेवा हो सकती है। फिलहाल एक काम करने वाली महिला मिल गयी है। भोजन तैयार कर देती है। तुम बेफ्रिक रहो। फोन करते रहना।"

शाम को मधु से मुलाकात होने पर बोला, "सब कुछ ठीक कर दिया है। "

पूरी बातचीत की जानकारी मधु को देने के बाद दोनों खूब खिल खिलाकर हंसने लगे थे।

सुधीर बोला, " अब आने वाले दिन बेफ्रिक और आराम से गुजरेंगे।"

15

छुट्टी

वरिष्ठ नागरिकों की सांयकालीन सभा। प्रतिदिन

का बिना नागा का कार्यक्रम। बहुत खूबसूरत तरीका समय व्यतीत करने एवं जीवन शैली का। नाना प्रकार की गपशप और बातचीत। सामाजिक, राजनीतिक एवं पारिवारिक विषयों का गजब का विश्लेषण आपसी बातों का मुख्य बिंदु होता। इस समूह की संख्या में निरंतर वृद्धि होती जा रही हैं। हर वरिष्ठ नागरिक अपने घर की बातें साझा करने को उत्साहित रहता है। चर्चा के प्रमुख बिंदु: सास बहू की नोंक झोंक , बहू बेटे के मध्य तकरार, नाती पोतों की बातें और न जाने क्या क्या। सब लोग मजा लेते और खूब ठहाके लगाते । एक दिन मिश्र जी बोले, " कब तक यही पड़े । कुछ दिन बाहर चलकर मौजमस्ती और मजे किया जाए। इन पारिवारिक बातों से दूर चला जाएं।"

अनिमेष वर्मा बोले, " जरा पहले घर की समस्याओं को एक बार देख लें कि कब

समय निकाल पाते हैं। रोज नए नए काम बता देते हैं।"

इतने में शर्मा जी बोले, " अब मुझे तो बहू से पूछना पड़ेगा कि कब फुर्सत दे पाएगी। बेचारी नौकरी करती है। मैं चला जाऊंगा तो बच्चों को स्कूल से कौन लाएगा। पत्नी के पांव में दर्द रहता है।"

आलोक सिंह बोले, " इस पर कल बात करेंगे। सब अपनी अपनी समस्याएं सुलझा कर आएं।"

16

तरीका

मैं मनोज के घर आया हुआ था। करीब पांच वर्षों के बाद हम दोनों बातें कर रहे थे। इधर उधर न जाने कितनी बातें कर डाली। बातों में ही मैंने पूछ लिया कि अक्षय के क्या हाल है। सुना है कि विदेश में है। बहुत पैसा कमा लिया है।

मनोज ने कहा, " पैसे कमाने ही तो गया है वह वर्ना दोनों पति-पत्नी यहां नौकरी कर रहे थे। लाखों रुपए प्रतिमाह घर आ ही रहे थे। अब पत्नी यहां रहती है और बच्चें हांस्टल में हैं। कोई कमी नहीं है।"

मैंने कहा, " सुना है कि साल दो साल में एक बार आता है। ऐसी ज़िन्दगी और पैसे से क्या लाभ? अगर थोड़ा पैसा कम मिलता तो परिवार के साथ रहता। बच्चों के साथ रहता।"

मनोज बोला, " दो साल पहले आया था। मैंने भी पूछा था कि विदेश जाकर क्या मिला। यहां भी तो बहुत कमा रहे थे। कम से कम परिवार के साथ तो थे।"

उसने कहा, " जाने दें। सब ठीक चल रहा है। मीना नौकरी कर रही है। बहुत मज़े में है। सच कहूं तो मैं जानबूझ कर विदेश गया। मीना बात बात में झगड़ा करती थी। हर समय अहंकार की बातें। किसी रिश्तेदार से सही तरीके से पेश नहीं आती। घर में किसी का आना पसंद नहीं करती थी। अनावश्यक व्यंग्य करती रहती थी। मैं रिश्तेदारों से अलग होता जा रहा था। एक तरह से बदनाम हो रहे थे कि अक्षय घमंडी हो गया है। कौन

कब तक संभाले। इससे पहले कि रिश्ते में टूट शुरू होती मैंने विदेश जाने का निर्णय ले लिया। अब अपनी तरह से रह रही है। मैं भी सुकून से हूं। कभी कभी आकर हाल पता कर लेता हूं।"

मैंने सोचा कि क्या तरीका निकाला है अक्षय ने घरेलू समस्या समाधान का।

17

तब और अब

अक्षय ने अपने पिता से पूछा कि हमारा मकान गाँव से दूर अलग क्यों बना हुआ है जबकि अन्य गाँव वासियों के मकान साथ साथ हैं। क्या हम सबसे अलग हैं। पिता ने बताना शुरू किया, " बात बहुत पुरानी है। यह उस समय की बात है जब समाज में अन्धविश्वास और रूढ़िवादिता कूट कर भरी हुई थी। तुम भाग्यशाली हो कि आज के समय में जन्मे हो। हां तो मैं बता रहा था कि हम गाँव के अलग कोने में कैसे पहुँचे। मेरे दादा उन्नीसवीं शताब्दी में शहर गये थे और पता नहीं किस बात से अंग्रेजों से प्रभावित हुए कि ज़िद कर बैठे कि मैं इंग्लैंड जाऊंगा। घरवालों ने साफ मना कर दिया था। सभी ने बहुत समझाने की कोशिश की। मगर वे नहीं माने और इंग्लैंड चले गये। परिणाम यह हुआ कि हमारे परिवार का सामाजिक बहिष्कार कर दिया गया। उस जमाने में विदेश जाने वाले परिवारों का हुक्कापानी पानी बंद कर दिया जाता था। लोग मानते थे कि विदेश गमन से धर्म खराब हो जाता था। पता नहीं कि विदेश में क्या क्या खाए पीये होंगें। जब वापस आए तो लोगों ने उन्हें गांव में घुसने ही नहीं दिया। दादाजी के पिता दरोगा को बुलालाए जिसने उन्हें गाँव में पहुँचा दिया मगर दंड परिवार को भुगतना पडा था। अपना मकान छोड़कर गांव के दूर कोने में मकान बनाकर रहना पडा। इसी बहिष्कार के कारण हम कोने में पहुँच गये।"

अक्षय ने कहा, " आज देखिये जिनके बच्चे विदेश में हैं उनका गांव आने पर स्वागत होता है। लोग बड़े गर्व से कहते हैं कि हमारा बेटा विदेश में है भले ही वह किस दशा में रह रहा हो। कारण है कि वह खूब पैसा कमा रहा है जिससे घर का स्तर अलग हो जाता है और यह दूसरों से आगे बढ़ने की चाह का नतीजा है। ईर्ष्या व जलन इसका कारण है। जो भी हो, गांव की स्थिति निरंतर बदल रही है।"

पिता ने कहा, " आज सभी चाह रहे हैं कि उनके परिजन विदेश जाएं ताकि समाज में उनका सम्मान बढ़ जाए। वैवाहिक संबंधों में भी इसका महत्व बहुत अधिक हो गया है। दादाजी के जमाने में गाँव से बाहर निकलना ही मुश्किल होता था और आज गाँव में कोई आना ही नहीं चाहता है क्योंकि विदेश में उपलब्ध सुविधाएें कोई त्यागने को तैयार नहीं है। सुविधा तब भी उपलब्ध थी उस समय के हिसाब से मगर सामाजिक परिस्थितियाँ अलग थी।। यहीं अंतर है तब और अब में"।

18

नफरत

घर पहुंचते ही ममता ने देखा कि दरवाजे पर एक पत्र पड़ा है। उसे बहुत आश्चर्य हुआ कि इतने वर्षों के पश्चात किसी का खत आया है। अरे लगता है कि डाकिये को भी इस पते की याद आ गयी। पत्र उठाकर कर पढ़ने लगी-

आदरणीय दीदी,

"प्रणाम। आज पच्चीस वर्षों के बाद पत्र लिख रही हूं। मालूम हुआ कि आप इस शहर में है। पहले जबलपुर में थे लेकिन अब हम ट्रांसफर हो के आ गए हैं। मैं और आशुतोष आपसे मिलना चाहते हैं। दीदी! इतने वर्षों तक आपका कोई पता नहीं चला। मेरे दो बच्चे हैं- अमित और सुनयना। दोनों का विवाह भी हो गया है। आपका पता मालूम न होने की वजह से आपको विवाह में बुला नहीं पाई थी। विवाह में आए सभी लोग आपके बारे में जिज्ञासा जाहिर कर रहे थे। अधिक क्या लिखूं। आशा है कि अब आपकी नाराजगी दूर हो गयी होगी। आखिर हम हैं तो सगी बहिनें। कृपया इस पत्र का उत्तर अवश्य दीजिएगा। आप चाहेगी तभी हम मिलने आएंगे। अभी इतना साहस नहीं जुटा पा रही हूं कि आप से मिल सकूं।

आपकी छोटी बहन

मंदाकिनी"

पत्र पढ़ कर ममता को हंसी आ गयी। यहां हो तो लिख दिया पत्र। वैसे कौन जरूरत है मुझे तुम्हारी मंदाकिनी।

ममता अतीत में खो गयी। जिन रिश्तों को वह त्याग चुकी थी, इस पत्र ने उन्हें पुनः याद दिला दिया। बात पच्चीस साल पुरानी है। ममता के विवाह की बातचीत आशुतोष से हो रही थी। आशुतोष उसे देखने आने वाला था। घर में मां, पिताजी,भाई और बहन सभी तैयारी में लगे हुए थे। वो घड़ी भी आ गयी जब आशुतोष अपने माता पिता के साथ मुझे देखने हमारे घर आया। हम सब बैठे हुए थे। तभी मैं अपनी बहन मंदाकिनी के साथ आयी तो आशुतोष ने एकदम कह दिया, " ममता सांवली है। जो फोटो मुझे दी गयी थी उस में और वास्तव में बहुत अंतर है। फिर मंदाकिनी की ओर देख कर बोला, " मुझे ममता के साथ वाली लड़की अच्छी लग रही है। मैं इस से विवाह करना चाहता हूं। मेरी पसंद यह है।"

मैं उसी क्षण लौट गयी और अपने कमरे में जाकर सुबुक सुबुक कर रोने लगी थी। सोचने लगी कि इतना घमंड है आशुतोष को अपने ऊपर। सबके सामने मेरा इतना बड़ा अपमान। मना करने के कई रास्ते होते हैं मगर मेरे रंग पर इतना बड़ा आक्षेप। माना कि मैं गोरी नहीं हूं मगर इतनी बुरी भी नहीं हूं कि मुझे सार्वजनिक रूप से तिरस्कृत किया जाए। एक अधिकारी के पद पर मैं कार्यरत हूं । अच्छा खासा वेतन है मेरा। मैं क्या इतनी गयी गुजरी हूं कि जिसका मन आए मेरा स्वाभिमान हिलाकर रख दें।

ममता को पूरा विश्वास था कि उसके मां बाप आशुतोष को किसी भी और रिश्ते के लिए मना कर देंगे। हमारे परिवार में उसे कोई स्थान नहीं देंगे। मगर मेरी आशाओं पर तब तुषारापात हो गया जब मुझे मालूम हुआ कि पिताजी ने मंदाकिनी का रिश्ता आशुतोष के साथ मंजूर कर लिया। मैं क्षण भर को अवाक रह गयी जब पिताजी मेरे कमरे में आ कर कहने लगे, " सुन ममता! कोई बात नहीं। हम तेरे लिए नया रिश्ता तलाशेंगे। हमारी भी जिम्मेदारियां हैं। दो दो लड़कियों का विवाह करना है। आशुतोष एक संभ्रांत परिवार से एक ऊंचे ओहदे पर आसीन

है इसलिए हमने मंदाकिनी का रिश्ता आशुतोष से मंजूर कर लिया है।"

मैं चुप रही। क्या कह सकती थी। मंदाकिनी उनकी बेटी थी, उसके बारे में निर्णय पिताजी को ही करना था। यह अवश्य था कि मुझे बहुत

बुरा लगा कि पिताजी के साथ साथ मेरे घर वालों ने

मेरी भावना को नहीं समझा। एक महिला को दूसरी महिला के सामने अस्वीकार्य करने वाले को अपना दामाद बनाना स्वीकार कर लिया। हमारा परिवार एक सम्पन्न परिवार है। अगर आशुतोष को सीधे मना कर देते तो भी रिश्ते हमारे लिए आते रहते। आशुतोष को स्वीकार करना मुझसे कदापि बर्दाश्त नहीं हुआ। मुझे लगा कि पिताजी और परिवार वाले इतने स्वार्थी हो सकते हैं कि कोई घर की लड़की की इज्जत उछाले और उसी का अभिनन्दन करने लगे। क्या मंदाकिनी भी मना नहीं कर सकती थी। उसने भी अपनी दीदी को अपमानित और तिरस्कृत करने वाले से विवाह की सहमति दे दी। कितनी स्वार्थी है मंदाकिनी। हर व्यक्ति केवल अपने हित की सोचता है।

यह सब सोचते सोचते मुझे कब नींद आ गयी पता ही नहीं चला। उस रात मैंने खाना भी नहीं खाया। अगले दिन मुझे वापस जाना था, वह तो मात्र मां और पिताजी की आशुतोष को देखने की बात रखने को आ गयी थी।

मैं अपने काम पर लौट आयी। वापस पहुंचने पर मैंने तय किया कि मैं अब परिवार वालों से कोई रिश्ता नहीं रखूंगी। समय बीतता गया। मंदाकिनी का विवाह आशुतोष से हो गया लेकिन मैं वैवाहिक समारोह में शामिल नहीं हुयी थी। अपनी सगी बहन के विवाह में न जाकर मुझे आत्मीय शांति मिली। मैं निर्लज्ज आशुतोष का चेहरा देखना भी नहीं चाहती थी।

समय तेजी से दौड़ता है। अब आगे बढ़ता है तो मालूम ही नहीं चलता। मेरे लिए रिश्ते नाते सभी समाप्त हो चुके थे। मैंने अपने घर में पत्र लिख कर अपनी स्थिति स्पष्ट करते हुए रिश्ते नातों हमेशा के लिए बन्द कर दिये और कभी यह जानने की कोशिश भी नहीं की कि परिवार वाले कैसे है। यहां तक की मां और पिताजी का हाल तक जानने की जहमत तक नहीं उठायी। मैं सबसे नफरत करने लग गयी थी। नफरत मेरे दिलो-दिमाग में भर गयी थी।

मैंने अपनी जिंदगी के फैसले स्वंय लिए। अंतर्जातीय विवाह कर अपनी गृहस्थी को आधार प्रदान किया। पुराने रिश्ते टूटते हैं तो नए भी

बन जाते हैं। मायका नहीं तो ससुराल मिला। आज मेरे भी दोनों बच्चे विदेश में हैं। मैं और निखिल आराम से है। क्या जरूरत है किसी की। क्यों किसी से निवेदन करूं नापसंद रिश्तों के लिए। सारी बातें निखिल भी जानता है और पिछले कई वर्षों से उसने मेरा साथ दिया है। ससुराल में भी मुझे पूरा आदर और सम्मान मिला है। जिस स्थान की मैं हकदार थी वह मुझे ससुराल में प्राप्त हुआ। मैं कई बातें भूल गयी थी मगर मन से नफरत नहीं बाहर कर सकी। मैं अपने साथ हुए अन्याय को नहीं भुला पाई थी।

ख्यालों से ध्यान हटा तो पत्र पर निगाहें अटक गयी। जवाब तो पत्र का अवश्य दूंगी। अगले दिन मैंने पत्र लिखा।

मंदाकिनी,

मैं तुम्हें प्रिय नहीं लिख रही हूं क्योंकि तुम मेरी प्रिय कदापि नहीं हो। मैं तुम्हारे पत्र को पढ़कर भावुक हो गयी, ऐसा बिलकुल नहीं है। जिन रिश्तों को मैंने वर्षों पहले छोड़ दिया था, उन्हें पुनः शुरू करने का मेरा कोई इरादा नहीं है। मैं तुमसे मिलना नहीं चाहती हूं और न तुम्हारे और परिवार के बारे में कुछ भी जानना नहीं चाहती हूं। तुम बहुत भाग्यशाली हो कि तुम्हारा रिश्ता अब तक आशुतोष के साथ बना हुआ है। अच्छा हुआ कि तुमसे खूबसूरत लड़की देखकर उसने तुम्हें तलाक नहीं दिया। लकी गर्ल। मुझसे कोई उम्मीद मत रखना।

ममता

पत्र को मैंने तत्काल पोस्ट कर दिया।

19

निर्णय

राकेश और संजीव दो गहरे मित्र थे। एक ही संस्थान में कार्य करते थे। दोनों एक ही कमरे में साथ साथ रहते थे। दोनों कुंवारे थे इसलिए मिल जुल कर सब काम कर लेते थे। दोनों में एक समानता थी कि वे सामान्य परिवारों से थे और ग्रामीण क्षेत्रों से थे। ग़जब की दोस्ती थी उन दोनों में। राकेश की एक बहन मंजु थी। बातों बातों में राकेश ने संजीव से कहा कि तू एक बार मंजु को देख लें। अगर पसंद आए तो मैं अपने घर वालों से बात करूंगा। इस से हम दोस्त से रिश्तेदार बन जाएंगे। संजीव को मंजु पसंद आ गयी और पारिवारिक बातचीत के बाद रिश्ते को मंजूरी मिल गयी।

कुछ दिनों के बाद मंजु को नौकरी मिल गयी और वो भी एक अच्छे पैकेज के साथ। राकेश के परिवार वालों को लगा कि मंजु का मैच अब संजीव के साथ ठीक नहीं रहेगा। ऐसा राकेश को भी लगने लगा। एक दिन राकेश ने संजीव से कह दिया कि अब यह रिश्ता नहीं हो सकता क्योंकि वह तुम उसके लायक नहीं रहे। मेरे सारे परिजन भी यही चाहते हैं। इस बात को लेकर दोनों में खूब झगड़ा हुआ और दोनों अलग-अलग रहने लगे थे। अब बात पारिवारिक और सामाजिक स्तर पर आ गयी थी।

संजीव ने मंजु को फोन लगाया और पूछा कि क्या तुमने रिश्ता के लिए मना कर दिया है।

मंजु ने कहा , " नहीं! ऐसी कोई बात नहीं है। तुमसे किसने कहा। इतने दिनों से हम लगातार बात कर रहे हैं और एक दूसरे के टच में हैं। मैं उनमें नहीं हूं कि रोज बात बदलती रहती हूं। मैं केवल तुमसे ही विवाह करूंगी। बेफिक्र रहो।"

संजीव आश्वस्त हो गया। राकेश को पूरा विश्वास था कि जो निर्णय हम लेंगे उसे मंजु मना नहीं करेगी। इसी विश्वास के आधार पर उसने संजीव को ना कर दिया था। एक दिन राकेश ने अपनी बहन मंजु से कहा कि हमने संजीव को तुम्हारे रिश्ते के लिए मना कर दिया है। वह अब हमारे स्तर का नहीं है। तुम्हारे लिए नया रिश्ता खोज रहे है। संजीव का फोन आए तो उसे रिश्ते के लिए मना कर देना और फिर आगे से उसका फोन मत उठाना। मैंने उसे अपने कमरे से बाहर का रास्ता दिखा दिया है। सभी घर के लोग यही चाहते हैं। संजीव ठीक लड़का नहीं है। थोड़ा मुझ से परख करने में गलती हो गयी।

इतना सुनने पर मंजु बोली, “बहुत हो गया भाई। मैं कोई खिलौना थोड़े ही हूं। मेरी भावनाएं हैं। संजीव से मैं पिछले छह महीनों से जुड़ी हुई हूं। दिन रात हम दोनों में बातें होती है। कई बार हम मिले भी है। कल तक तो संजीव एवन लड़का था। क्या हो गया एक दिन में। बहुत नालायक हो गया। आप केवल अपने बारे में सोच रहे हैं। मैं विवाह संजीव से ही करुंगी। मैं फैसला नहीं बदलने वाली।”

राकेश ने ज़ोर से कहा, “ बहुत मत बोल। जो हम चाहेंगे वह होगा। अपने चार पैसों की धौस मत दिखा। अगर तू ने उससे विवाह किया तो फिर अपना मुंह मत दिखाना। कोई तेरे से मतलब नहीं रखेगा। सोच समझ कर निर्णय लेना। जिससे चाहे परिवार में पूछ लेना कि उनका रवैया क्या है।”

मंजु ने अपने घर में जिससे भी बात की , सबने राकेश की बात का समर्थन किया लेकिन इस सबके के बाद भी मंजु ने अपना निर्णय नहीं बदला। मंजु का मन बदलने की सारी कोशिशें व्यर्थ सिद्‌ध हुई।

कुछ दिनों के बाद संजीव और मंजु ने विवाह कर लिया। सारी वैवाहिक व्यवस्था दोंनों ने मिलकर की। संजीव के परिवार वालों का पूरा सहयोग और योगदान रहा था।

20

पैकेज

निशि मुझे अक्सर कालोनी के पार्क में मिल जाती है। आफिस से घर लौटते हुए वह आधा एक घंटा पार्क में अवश्य व्यतीत करती है। मेरा भी सांयकालीन पार्क में समय बिताने और घूमने का कार्यक्रम रहता है। बहुत से वरिष्ठ नागरिकों से मुलाकात के साथ साथ गपशप भी हो जाती हैं और एक अच्छा समय भी गुज़र जाता है। साथियों की कम्पनी तो सभी को चाहिए होती है। बड़े शहरों की अपनी विशेषता होती है। ऊंची ऊंची इमारतें और उनमें छोटे छोटे फ्लैट। इन्हीं में हमारा भी एक फ्लैट है। मैं अपने परिवार के साथ रहता हूं। परिवार में पत्नी, बेटा ,बहू और एक बच्चा है।

बात मैं निशि की कर रहा हूं। एक बार पार्क में लगी बेंच पर मेरे साथ बैठ गयी। कुछ देर बाद मैंने पूछ ही लिया, “तुम अक्सर दिखाई पड़ती हो। नौकरी करती हो क्या।”

“हां। अंकल। एक मल्टीनेशनल कंपनी में हूं। अकेली हूं इसलिए काम के बाद कुछ क्षण यही व्यतीत करती हूं।”

मैंने पूछा,” परिवार में कौन-कौन है।”

निशि ने कहा, “परिवार कहां और कैसा। अभी तक विवाह नहीं हुआ है और अपनी और परिवार वालों की ज़िद का नतीजा भुगत रही हूं। अब लगता है कि काश मैंने विवाह कर लिया होता। “

मैंने बात को आगे बढ़ाते हुए पूछा, “कहां की रहने वाली हो।”

निशि, "नैनीताल"

मैंने कहा, "यह तो खूब रही। हम भी वहीं के रहने वाले हैं। सामने जो बिल्डिंग है। उस में फ्लैट है। घर पर आना। परिवार के सदस्यों से मिलवाउंगा। अपना नंबर दे देना। पूरा पता मैसेज कर दूंगा।

निशि, "अवश्य आऊंगी। यह तो बहुत अच्छा हुआ कि मुझे कोई मेरे शहर के मिल गये है। कम से कम अब ऐसा तो नहीं लगेगा कि मैं अकेली हूं"

मैंने कहा, "तुम अपने को अकेला मत समझना। हम है ना यहां"

कुछ देर की औपचारिक बातचीत के बाद हम बातचीत में काफी अनौपचारिक हो गये। हमने एक दूसरे के फोन नंबर भी ले लिए।

मैंने पूछा, "अच्छा। एक बात बताओ। तुम्हारी जिद क्या थी कि तुम्हारा विवाह नहीं हो पाया।"

निशि ने बात जारी रखते हुए कहा, " पैकेज। मेरा पैकेज बहुत ज्यादा है। मेरे घर में यह बात हुई कि जिसका पैकेज मुझसे अधिक होगा उसी के साथ विवाह किया जाएगा। इससे मैं भी सहमत थी। दो चार रिश्ते भी आए मगर कहीं भी बात नहीं बन पाई। मेरे पिता को अपने ओहदे का जरूरत से ज्यादा ही अभिमान था। कम पैकेज वालों के परिजनों से बात करना भी पसंद नहीं करते थे। अगर कोई जानकारी चाहते तो सीधे कहते ," क्या है पैकेज" । केवल एक ही लक्ष्य था कि लड़का अधिक पैकेज वाला होना चाहिए।आज तक कोई नहीं मिला। वैसे तो तलाश अभी भी जारी है। मैं आज भी विवाह का इंतजार कर रही हूं। आखिर हर बात की कोई हद होती है। विवाह की भी एक उम्र होती है। खैर छोड़िऐ इन बातों को। मैं भी पता नहीं क्या क्या कह गयी बहुत दिनों के बाद किसी से इतनी ढेर सारी बातें की है।"

मैंने कहा , "मैंने तुम्हारा नाम तो पूछा नहीं और
ढेर सारी बातें कर डाली।"

निशि, "निशि"

शाम ज्यादा हो गयी थी। मैंने एक बार फिर उसे घर आने का निमंत्रण दिया । एक दूसरे से विदा लेकर अपने अपने घर को चल दिये।

मैं समझ गया कि यह वही लड़की है जिसके बारे में मैंनें अपने बेटे के लिए फोन किया था तो केवल एक ही बात पूछी गयी थी कि लड़के का पैकेज कितना है। जैसे ही मैंने पैकेज बताया तो कहा गया कि कम है और कम से कम इतना तो होना चाहिए था। एकदम फोन काट दिया और यह तक नहीं पूछा कि कौन बोल रहा है। इतना अभिमान किस बात का, बेटी के पैकेज का या अपने पद का।

बात आयी गयी हो गयी। मेरे बेटे का विवाह अन्यत्र हो गया। रविवार के दिन निशि हमारे घर आयी। परिवार में सभी से मिली और काफी देर तक बातें करती रही थी जब निशि चली गई तब मैंने घर में बताया कि यह वही लड़की है जिसके पिता ने फोन पर केवल पैकेज पूछा था लेकिन इसे मत बताना। शायद यह इस अनजान शहर में हम में अपनापन तलाश रही है।

21

फिर मिलेंगे - भाग १

एक विवाह समारोह। पुराने किसी हिंदी फिल्म के गीत की धुन कानों में गूंजती हुयी। समारोह में आए अतिथि अलग-अलग समूहों में बातचीत में मशगूल थे। अमर भी इधर उधर लॉन में टहलने लगा कि कहीं कोई परिचित मिल जाए तो समय व्यतीत हो जाए। ऐसा लग रहा था कि बारात के आगमन में अभी समय शेष है। सोचा कि एक कप कॉफी लेकर बैठ जाऊं तभी लगा कि सामने से मानसी आ रही है। अमर ने गौर से देखा। वह कन्फर्म करना चाह रहा था कि आने वाली महिला मानसी ही है। एक लम्बे अंतराल के बाद उसे देख रहा था।

अमर ने कहा, "पहचाना मुझे?"

मानसी, "अमर हो ना? क्यों नहीं पहचानूंगी? माना कि समय बहुत हो गया है लेकिन याददाश्त ज्यों कि त्यों बनी हुई है।"

अमर, "इतने समय बाद मुलाकात हुई है। चलो सामने बैठते हैं। कम से कम एक दूसरे के हाल चाल तो जान लें।"

मानसी, ,"बहुत खूब। मैं भी अकेली बोर हो रही थी। शायद हम लोग समय से पहले आ गए हैं।"

अमर और मानसी एक टेबल के साथ लगी कुर्सियों पर विराजमान हो गये। इतने में दो कप कॉफी भी पहुंच गयी।

अमर, "हम बीस बाइस सालों के बाद मिल रहे हैं।"

मानसी, "सही सही कहूं तो हम बाईस वर्ष चार माह के बाद मिल रहे हैं।"

अमर, "एकदम सही याद रखा है तुमने"।

मानसी, "इसके अलावा काम ही क्या है मेरे पास? केवल दिन गिनते हैं। जो कुछ ज्ञान संचित किया था वो भी धीरे धीरे विलुप्त होता जा रहा है।"

अमर, " एक समय हम एक दूसरे के बहुत करीब थे।"

मानसी, " करीब ही नहीं बल्कि एक दूसरे के प्रेम में काफी आगे तक बढ़ चुके थे। यूं कहें तो मात्र आधे कदम की दूरी शेष रह गयी थी हम दोनों के प्रेम में। पता नहीं कि क्या हुआ कि सारी नजदीकियां अचानक दूरियों में बदल गयी।"

अमर, "इसमें न गलती मेरी थी और न तुम्हारी। हम दोनों के परिवारों का तबादला हो गया था। कौन कब गया? कहां गया? पता ही नहीं चला। आज का युग होता तो मिनटों में मालूम हो जाता।"

मानसी, "मैंने तुम्हें ढूंढने का बहुत प्रयास किया मगर ढूंढ नहीं पायी।"

अमर, "हमारा प्रेम आधे रास्ते पर रुक गया था इसलिए रास्ते भी स्वतः बदल गये।"

मानसी, "शायद नियति को यही मंजूर था।"

अमर, "यह बताओ कि परिवार में कौन-कौन है? बच्चें कैसे हैं?"

मानसी, "बच्चों की अपनी जिंदगी है और मेरी अपनी। वैसे भी मैं हमेशा ज्यादा हस्तक्षेप के विरूद्ध रही हूं। बेकार में अपनी स्वतन्त्रता को कर्मों बर्बाद करूं।"

अमर, "अब भी तुम्हारे बौद्धिक जीवन के क्या हाल हैं? वहीं पुराना जुनून बरकरार है कि नहीं।"

मानसी, " थोड़ी कमी तो आ ही जाती है उम्र के साथ। फिर भी तुम मान सकते हो कि जूनून बाकी है। यह कह सकती हूं कि यह जुनून ही मेरी शक्ति और जीने का सहारा है। मैं तो कहती हूं कि यह एक वरदान है।"

अमर," क्या तुम्हें इस बात का मलाल नहीं है कि हम दोनों एक साथ नहीं रह पाए या साफ़ कहूं कि विवाह सूत्र में नहीं बंध सकें?"

मानसी," बिलकुल है। प्रथम प्रेम को भूल पाना असंभव है। अभी मैं डिमेन्शिया की शिकार नहीं हूं। पूरा मलाल है। सच कहूं तो आज भी तुम्हारे साथ बिताया हुआ समय मेरा पीछा नहीं छोड़ता है।"

अमर, "यही सच मेरे साथ भी है। मैं तुम्हें एक क्षण के लिए भी भुला नहीं पाया। छायी रहती हो हमेशा मेरे मन मस्तिष्क में।"

मानसी, "बारात आ रही है। चला जाए। शायद कुछ परिचित मिल जाएं।"

अमर, "चलो देखते है।"

मानसी, " यह मेरा फोन नंबर रख लो। कभी कभी ही बात करना। ज्यादा फोन मत करना। मैं इन सब साधनों को अपनी स्वतन्त्रता में बाधक मानती हूं। विचारों में मग्न रहना ही मेरी स्वतन्त्रता है। मेरे विचार, मेरे सपने और मेरी कल्पना सब मेरे अपने हैं। मैं उन्हीं में खोयी रहती हूं।"

अमर, " ठीक है।"

बारात आ चुकी थी। दोनों को दो-चार परिचित मिल गये। कुछ देर बाद दोनों एक दूसरे से विदा होने लगे तो अमर ने पूछा, "फिर कब मिलेंगे?"

मानसी, "आज जैसा ही कोई अवसर नियति प्रदान कर देगी। भविष्य में यादों में जीने के लिए।"

फिर मिलेंगे - भाग २

मानसी कार में बैठ कर बांय बांय करते हुए चली गई। अमर कुछ देर तक समारोह में इधर-उधर चक्कर लगाता रहा। दो-चार परिचितों से हेलो हाय करने के बाद वह भी अपने घर को निकल पड़ा था। उसे शकुन इस बात का था कि अब उसके पास मानसी का फोन नंबर था। एक दो बार फोन नंबर पर नजर दौड़ाई तो एकदम कंठस्थ हो गया। होना ही था क्योंकि उसी का था जिसके साथ प्रेम के कुछ पग चले थे। यह दूसरी बात थी कि पग कुछ दूरी तक साथ रहने के बाद अलग हो गये थे।

एक महीना बीत गया मानसी से मुलाकात हुये। अमर मानसी के फोन का इंतजार करते रह गया। सुबह शाम दिन रात ध्यान मोबाइल पर ही रहता कि कब बज जाए। ऐसा नहीं हुआ। पता नहीं अमर को किस बात की झिझक थी कि मानसी को फोन करने में कतरा रहा था। इसी झिझक के कारण उनका प्रेम अधूरा रह गया। आखिर कार अमर ने झिझक को तोड़ते हुए मानसी को फोन कर ही दिया। दूसरी तरफ से आवाज आती, "हैलो। अमर कैसे हो? कम-से-कम याद तो किया।"

अमर, "आप तो हमें भूल ही गयी थी। वो तो हम हैं कि आप को याद दिला दिया कि हम भी इस दुनिया में विद्यमान हैं। बार बार भूलना मेरी फितरत में शामिल नहीं है।"

मानसी, "जब याद रखना था तो पूरी तरह से भूल गए थे। दो-चार शब्द कह देते तो शायद आज ज़िन्दगी किसी और मोड़ से गुजर रही होती।"

अमर, "नियति को बदलना मुझे नहीं आता है। तुम भी नहीं कुछ कर पाती। माना कि मेरी निः शब्दता हमारे प्रेम में बाधक रही लेकिन तुम भी तो खामोश रही।"

मानसी, "जो बीत गया उस पर आंसू बहाने से क्या फायदा?"

अमर ,"मैंने फोन इसलिए किया कि अगर तुम समय निकाल सको तो हम दिन एक साथ व्यतीत कर सकते हैं। पूरा दिन एक साथ। केवल तुम्हारे साथ। वो भी बीस साल बाद।"

मानसी, "बहुत अच्छा। मुझे कहां है पहुंचना बता देना। मैं समय से पहुंच जाऊंगी।"

अमर ,"तुम्हारा इंतज़ार रहेगा मानसी।"

दिन के एक बजे का समय। अमर एक रेस्तरां के बाहर बड़ी बेसब्री से मानसी की प्रतीक्षा करने लगा। वर्षों बाद उसे मानसी के साथ लंच करने का सुनहरा अवसर मिल रहा था। अमर इस अवसर का पूरा और भरपूर उपयोग करना चाह रहा था।

मानसी के पहुंचते ही दोनों रेस्तरां के अन्दर दाखिल हो गये। टेबल के आमने-सामने बैठ गये। अमर का ध्यान पूरी तरह मानसी पर था। बड़े गौर से वह मानसी को निहार रहा था। मानसी समझ गयी थी। वह भी अमर के निहारने का आनंद लेने लगी थी।

मानसी, "अभी भी तुम बच्चों वाली हरकत कर रहे हो। वर्षों बीत गए हैं। "

अमर, " पूरे बाईस वर्ष लेकिन मैं आज भी अपने को वहीं पर खड़ा पा रहा हूं। लगता है कि मेरे लिए समय ठहर गया है।"

मानसी, "यह बताओ कि इतने वर्षों तक क्या करते रहे?"

अमर," तुम्हारी तलाश में दर दर भटकता रहा था। मुझे पूरा विश्वास था कि तुम एक दिन अवश्य मिलोगी। इसी विश्वास के सहारे इतने वर्ष गुजार दिए। आज मेरा विश्वास पूरा हो गया है। अचानक तुम मिल गयी।"

मानसी, "मेरे बारे में तुम कुछ नहीं पूछोगे? कैसे रही, कहां रही , क्या करते रही आदि। तुम्हें तो अब तक प्रश्नों की झड़ी लगा देनी चाहिए थी।"

अमर, "अभी तो तुम्हारे मिलन की खुशी में जी रहा हूं। सोचता हूं कि वर्तमान को भरपूर जी लूं। पता नहीं कि ज़िन्दगी में दोबारा अवसर मिलेगा कि नहीं। अब तुम्हारे दीदार को छोड़ना नहीं चाहता हूं।"

मानसी, " तुम नहीं पूछोगे तो मुझे बताना पड़ेगा वर्ना तुम मेरे बारे में नहीं जान पाओगे। मेरी जिंदगी का एक अर्सा तुम्हारे लिए पहेली बन कर रह जाएगा। फिर सोचते रहोगे कि मैं कैसे जियी।"

अमर, " मैं तुम्हारी कल्पनाओं और ख्वाबों में इतना व्यस्त रहा कि सोचने का समय ही नहीं मिला। पैतृक सम्पत्ति के सहारे ही जिया हूं। कभी कोई चिंता नहीं रही।"

मानसी, "अगर मैं कहूं कि मैं भी तुम्हारी तलाश में जगह जगह भटकती रही तो तुम्हें कैसा लगेगा? काश! हमारे जमाने में भी संचार के आधुनिक साधन होते तो यह नौबत नहीं आती। कितना सुनहरा होता हमारा अतीत, वर्तमान और भविष्य।"

अमर, "मैं तो वर्तमान को सुनहरा मान रहा हूं। भविष्य तुम पर निर्भर है।"

इतने में वेटर खाना मेज पर रख गया। वे खाने में व्यस्त हो गए। शायद दोनों को जोर की भूख लगी थी। कब खाना हो गया, पता ही नहीं चला। इतने वर्षों बाद इतनी ताजगी। वाह रे जिन्दगी।

बाहर निकल कर मानसी और अमर साथ साथ चलने लगे।

मानसी, "काश! हमने वर्षों पूर्व अपने कदमों को तीव्र गति से बढ़ाया होता तो आज साथ साथ होते।"

अमर, "आधा आधा,शायद,कभी कभी,अक्सर, लेकिन,काश ऐसे ढेर सारे शब्द हैं जो कभी पूर्णता की प्राप्ति का आभास नहीं होने देते। आज हम भी उन्हीं शब्दों का प्रयोग कर रहे हैं।"

मानसी," तुम सही कह रहे हो। चलो कहीं घूम कर आते हैं। कम से कम आज तो पूरी तरह से आनंदित हो लूं। आधा आधा ने हमें कभी पूरा नहीं होने दिया।"

अमर, " चलो चलें। चलोगी मेरे साथ बहुत दूर तक जहां से लौटना न हो?"

मानसी, "अब भागने की आदत नहीं रही है। धीरे धीरे चलना होता है। मैं पुरानीं चीजों को आसानी से छोड़ नहीं पाती हूं।"

अमर, "मैं तो केवल अपने आधे कदमों को आगे बढ़ाने का प्रयास कर रहा था। मैंने कहा था कि स्वर्णिम भविष्य केवल तुम पर ही निर्भर है।"

मानसी, "भविष्य स्वर्णिम है मगर अपने अपने तरीके से जीने में। अब मैं बन्धन में नहीं रह सकती। अकेले जीने की आदत हो गयी है। मैं अपनी स्वतन्त्रता में किसी का हस्तक्षेप बर्दाशत नहीं कर सकती हूं। अपनी तरह से जीना, खाना, सोना--- इत्यादि।"

अमर, "मैं उस विचार की बात कर रहा हूं जो हमारे समय में नहीं थी मगर अब सामान्य बात हो गयी है और समाज की स्वीकृति भी प्राप्त है। मैं बात कर रहा हूं लिविंग इन रिलेशनशिप की।"

मानसी, "हम साथ जी सकते हैं मगर अलग अलग रहकर। लिविंग इन रिलेशनशिप में साथ साथ रहना है। मुख्य बात है दूसरे के साथ सामंजस्य बनाना है। माना मुझे गाना सुनना है और तुम्हें सोना है। इतना सब सामंजस्य बिठाना मेरे वश में नहीं है। यही तो मेरी मुश्किल है।"

अमर, "जीवन में कभी न कभी साथी की आवश्यकता आ ही जाती है। कभी कभी परेशानियों का भी सामना करना पड़ता है। साथ रहकर उनका समाधान किया जा सकता है। आखिर हम सब सामाजिक प्राणी है।"

मानसी, "मैं साथ रहने की बात को एक अलग तरीके से देखती हूं। इस बढ़ती उम्र में अपनी स्वतन्त्रता के साथ खिलवाड़ कर जीना मेरे लिए मुमकिन नहीं है। "

अमर, "मुमकिन की जगह मुश्किल है कहो। कुछ चीजों को मुमकिन स्वरुप देना पड़ता है। अच्छा! तुम्हीं कोई रास्ता बताना कि हम साथ रह सकें।"

मानसी, "अगली मुलाकात में सोच कर बताऊंगी। पूरा दिन बातचीत में ही गुजर गया। पहली बार मालूम हुआ कि दिन कैसे बीता बिना सोचे विचारे।"

अमर, " अब कब मिलेंगें?"

मानसी, " मिलेंगे। फिर मिलेंगे। अबकी बार प्रोग्राम मेरा होगा। तुमको आना है।"

फिर मिलेंगे - भाग ३

करीब पन्द्रह दिनों के बाद मानसी ने अमर को फोन किया, "कल नैनीताल चलना है। तीन दिन का प्रोग्राम लेकर चलना।"

अमर, "कोई व्यवस्था करनी हो तो बताना। मैं तो तुम्हारी रिंग का इंतजार कर रहा था।"

मानसी, "मेरे इस फोन ने तुम्हारा इंतज़ार समाप्त कर दिया है।"

अमर, "यद्यपि प्रोग्राम तुम्हारा है मगर तुम फिक्र मत करना। अभी तक हम आधे कदम ही चले हैं।"

मानसी, "कुछ कदम पिछली मुलाकातों में भी चले थे। अब थोड़ा आधे से ज्यादा पर हैं।"

अमर,"मुझे विश्वास है कि बहुत जल्दी ही हमारे कदम गन्तवय तक पहुंच जाएंगें।"

मानसी, "प्रेम में सामाजिक गन्तवय विवाह तक ही सीमित है। समाज मानता है कि प्रेम की अंतिम परिणति विवाह है। जीवन भर का बंधन। परिवार और वंश वृद्धि का द्योतक। अब तो प्रेम की परिभाषाएं भी बदल गयी है। प्रेम भावुकता नहीं रह गया है। लव जेहाद और हनी ट्रैप क्या है? लोग अपने हिसाब से प्रेम की परिभाषा का निर्माण करने लग गए हैं। अपने हितों के अनुकूल प्रेम के अर्थों को मोड़ने लगे हैं। यदि प्रेम एक तरफ का हो और दूसरा मना कर दे तो एसिड अटैक कर दो। नहीं मानोगी तो भुगतो परिणाम। मना करोगी तो बलात्कार का सहारा लूंगा। क्या हो रहा है? यदि प्रेम कामयाब रहा और अंतर्जातीय तो पारिवारिक असहमति की स्थिति में बहिष्कार या फिर आंनर

किलिंग। विशुद्ध प्रेम के अर्थ ही बदल गये हैं। एक दूसरे के सम्मान की भावना का कोई मतलब नहीं रह गया है। समर्पण भी स्वार्थी हो गया है।"

अमर, "बहुत सी बातें तुम्हारी सही हैं। अब भी बहुत से लोग सच्चे प्रेम की राह पर चल रहे हैं। हमारे समाज में विवाहोपरान्त प्रेम की व्यवस्था है। यद्यपि तलाक की संख्या में वृद्धि हुयी है मगर जनसंख्या अनुपात और बदलते सामाजिक परिवेश में नगण्य है। माना कि विष कन्या विचार आज कई अन्य स्वरूपों में प्रर्दशित किया जा रहा है फिर भी समाज का अंधिकांश भाग नैतिकता के मानदंडों पर खरा उतरता नज़र आता है। अगर ऐसा नहीं होता तो समाज में अनैतिकता और अराजकता विद्यमान हो जाती।"

मानसी, "प्रेम के अर्थ भी उम्र के साथ बदलते रहते हैं। आज लोग युवा प्रेम से लेकर ओल्ड एज प्रेम की बातें करते हैं। समाज में कितना परिवर्तन आ गया है। तुमने कहा था कि कोई रास्ता तलाशना कि हमारा अधूरा प्रेम बना रहे, इसलिए तुमको नैनीताल ले जा रही हूं। कल तैयार रहना। कल ही चलना है। सारी व्यवस्था मैंनें कर रखी है।"

अमर," ठीक है। तुम्हारा इंतज़ार रहेगा।"

फिर मिलेंगे - भाग ४

अमर और मानसी नैनीताल की खूबसूरत वादियों में घूम रहे थे।

मानसी, "यह अधूरे प्रेम को कुछ आगे बढ़ाने का मेरा एक छोटा सा कदम है।"

अमर, "यह एक छोटा कदम नहीं बल्कि एक परिवर्तन का संकेत है।"

मानसी, "रात में नैनी झील में तैरती लाइटें बहुत खूबसूरत लगती है।"

अमर, "यह यहां की खूबसूरती है और प्रेम इसे और भी खूबसूरत बना देता है।"

मानसी, "मुझे याद है जब तुम मुझे एकटक देखते रहते थे। तुम्हारा देखना मुझे आज भी याद है। पर अब वो बात नहीं आ सकती। कोई उन दिनों को वापस नहीं बुला सकता।"

अमर, "सच ही है। बीस साल पुरानी भावनाएं एकदम अलग थीं। आज की भावनाओं से हम उनकी तुलना नहीं कर सकते हैं। कुछ नहीं बदला। बदला है तो समय।"

मानसी, "मन करता है कि यहीं बैठकर सारी रात बातें की जाएं और बातों का कोई अन्त न हो। सच कहूं तो मैंनें इतने वर्ष तुम्हारे साथ होने की कल्पनाओं में ही व्यतीत कर दिये। तुम्हारे साथ बिताये क्षण। तुम्हारा देखना। तुम्हारा मुस्कुराना और बाई बाई करके चले जाना। सब याद है। बस भाग्य ने हमें अवसर नहीं दिया, नहीं तो हम एक अलग दुनिया में होते। सब कल्पना में ही रह गया। मैं इन कल्पनाओं से कभी आगे नहीं बढ़ पायी अमर। लगता है मानो ज़िन्दगी स्थिर हो गयी। समय बढ़ा ही नहीं। आज भी मैं वहीं पर हूं जहां पर हम एक-

दूसरे से बिछड़ गए थे।"

अमर, "तुम एकदम सच कह रही हो। मैं भी तुम्हारी यादों के जालों में बुनकर रह गया। पूरा समय एकाकी गुज़ारा। एक ही काम किया केवल तुमको तलाशने का। कभी यहां कभी वहां। किसी से पूछ भी नहीं सकता था। जानता ही नहीं था किसी को तो किससे पूछता? मुझे लगता है कि तुम्हारी और मेरी कल्पनाएं बिल्कुल एक जैसी हैं।"

मानसी, "एक बात कहूं। अकेले रहने की आदत बहुत खराब होती है। मनुष्य अपने मन का मालिक बन जाता है। उस पर कोई नियंत्रण नहीं होता है। मनुष्य ज़िन्दगी को अपनी तरह से चलाने लगता है। उसे किसी का भी बन्धन स्वीकार नहीं होता है। मैंने तुमसे कहा था कि मेरी और बच्चों की जिंदगी अलग-अलग है। ऐसा कुछ नहीं है। मैं परिवार बना ही नहीं पायी। मैं तो केवल तुम्हारे बारे में जानना चाहती थी इसलिए असत्य का सहारा लिया। सिर्फ तुम और तुम्हारी यादों से संलग्न कल्पनाओं में जीती रही। मेरे यथार्थ और कल्पना एकदम अलग अलग थे। मैं अपनी कल्पनाओं से बाहर नहीं आना चाहती थी। यथार्थ में तो मैं मात्र जीवन व्यापन की आवश्यकताओं के लिए आती थी। आज भी वही स्थिति है। एक ऐसी आदत बन गयी है जिससे मेरा बाहर निकलना लगता है नामुमकिन है।"

अमर, "चलो ! बहुत देर हो गयी है। यथार्थ यही कह रहा है।"

अमर और मानसी होटल पहुंच गये। एक साथ खाना खाया और फिर चलें अपने अपने कमरों में। एक साथ मगर अलग अलग कमरों में।

अमर सोचने लगा कि मानसी ने अलग अलग कमरे क्यों लिये? क्या उसे मुझ पर विश्वास नहीं है या फिर वह अकेले रहते रहते अपने को असुरक्षित समझने लगी है? कल उससे यही प्रश्न करूंगा कि हम एक

कमरे में साथ साथ क्यों नहीं रह सकते? निश्चित ही उसके मन में कोई भय है। उसे निकालना होगा। अब उससे दूर रहने का कोई प्रश्न ही नहीं है। मुझे उसके इर्द-गिर्द ही चक्कर लगाने होंगे।

फिर मिलेंगे - भाग ५

अगले दिन नाश्ते के समय अमर ने मानसी से कहा, "एक बात कहनी है। कहनी क्या पूछनी है। जब हम साथ हैं तो एक कमरे में भी रह सकते हैं। क्या तुम्हारा मुझ पर विश्वास नहीं रहा?"

मानसी, "अमर! बात ऐसी है कि हम अभी अलग अलग है। शायद मुझ को अपने पर विश्वास नहीं है। किस समय किसके कदम बहक जाऊं, कोई नहीं जानता। मेरा मानना है कि हमारा प्रेम मानसिक है। एक उच्च स्तरीय प्रेम जिसका वर्णन करना मुश्किल है। मेरा मंत्र है हमारे लिए, 'अलग-अलग साथ साथ'।"

अमर, "बात समझ में आ गयी। हम एक-दूसरे के साथ समय व्यतीत कर रहे हैं, यही मेरे लिए यही बहुत है। माना कि बीता हुआ समय वापस नहीं लाया जा सकता, मगर वर्तमान को तो हम जी भरकर जी सकते हैं।"

मानसी, "मैं अपने इस प्रेम को यूं ही बरकरार रखना चाहती हूं। अब आगे कदम बढ़ाने की हिम्मत मुझ में नहीं है। मैं मानसिक रूप से शायद ही तैयार हो पाऊं। ऐसा लगता है कि किसी के साथ सामंजस्य बनाना मेरे लिए नामुमकिन है। तुम्हारे साथ भी नहीं।"

अमर, "आजकल साथ रहने का एक नया तरीका लोगों ने तलाश लिया है- वो है लिविंग इन रिलेशनशिप। इस व्यवस्था में दो लोग साथ साथ रहते हैं और जब मन करता है अलग हो जाते हैं। ऐसा हमारे जमाने में नहीं था। साथ रहने का एक ही तरीका था-विवाह - सामाजिक स्वीकृति की गारंटी।"

मानसी, "यह बात मैंने भी सोची थी लेकिन समस्या मुझे लगी कि लिविंग इन रिलेशनशिप मात्र शारीरिक सम्बन्धों को बनाने का नवीनतम तरीका है। वास्तव में होता यह है कि नयी बातों का पहले तो समाज में विरोध होता है मगर धीरे धीरे वे समाज को स्वीकृत हो जाती है। तुम्हें याद होगा जब लता और सुधीर ने प्रेम विवाह किया था तब दोनों के घर वालों ने जबरदस्त विरोध किया था। बहुत बड़े विवाद की स्थिति आ गयी थी। कितनी मुश्किल से संभला था मामला। ढेरों लोगों की ढेरों पैरवियों के बाद शांत हुआ था विवाद। इन सबके बावजूद भी लता और सुधीर को अपने परिवारों और प्रियजनों से अलग होना पड़ा था। कुछ समय बाद रिश्ते कायम तो हुए मगर खट्टास के साथ। आज लव मैरिज सामान्य बात हो गयी है। प्रेम विवाह में एतराज़ करने वालों की संख्या घटती जा रही है। कुछ लोग तो बड़े गर्व से कहते हैं कि हमारे परिवार में लव मैरिज हुई है मानो कि प्रेम विवाह पारिवारिक स्तर का एक और मापदंड हो गया हो।"

अमर, "तुम ठीक कह रही हो मगर साथ रहने के लिए पुरुष और नारी को कोई न कोई मार्ग तो तलाशना होगा। मेरे हिसाब से काफी सामाजिक अध्ययन के उपरांत ही सामाजिक मर्यादाओं की शुचिता को बनाए रखने के लिए विवाह मार्ग को चुना गया मगर आधुनिक समय में बदलते मानसिक दृष्टिकोण के तहत लोग साथ रहने के नए मार्ग ढूंढ रहे हैं जिसमें स्थायित्व का बोध न हो। लिविंग इन रिलेशनशिप इसी का नतीजा है। तुमने नोट किया होगा कि सामाजिक सम्बन्धों की एक नयी शब्दावली बनती जा रही है। प्रेम विवाह, अंतर्जातीय विवाह, लिविंग इन रिलेशनशिप,आंनर कीलिंग, तलाकशुदा , लव-जेहाद आदि। तलाक तो एक फैशन बन गया है। सामंजस्य के रास्तों में जरा सी बाधकता तलाक मांगने का माध्यम बन जाता है। उसके लिये तमाम बहाने गठित कर लिये जाते हैं। फिलहाल हम यहां इन सब पर चर्चा करने के लिए नहीं आए हैं बल्कि

अपने छूटे हुए अधूरे प्रेम को आगे बढ़ाने के लिए इस यात्रा पर हैं। नैनीताल की ठंडी हवाएं हो सकता है कि हमें मिलन की कोई रेखा दिखा दे।"

मानसी, "मैं कुछ प्रयोग कर रही हूं। अपनी प्रकृति के अनुसार साथ रहने के तरीकों पर प्रयोग कर रही हूं। इस उम्र में साथ रहने का कोई तरीका खोजना ही होगा। हम दोनों ने इतने वर्ष अलग-अलग ढंग से व्यतीत किये हैं। हम अपने-अपने तरीके से जिये हैं। अपने बारे में कह सकती हूं कि अपनी स्वतन्त्रता का परित्याग करने को अपने आप को तैयार नहीं कर पा रही हूं। कैसे रहना है? कहां जाना है? क्या खाना है? इस तरह की ढेर सारी स्वतन्त्रताओं की आदी हो गयी हूं। किसी के साथ रहने में मुझे दिक्कत होने लगती है। मुझे किसी प्रकार की टीका टिप्पणी नापसंद है। शायद मैं किसी के साथ रहने के लिए मानसिक रूप से तैयार नहीं हूं।"

अमर ,"अभी जीवन का सफर काफी शेष है। माना कि कई मानसिक कठिनाइयां हैं मगर फिर भी हम न्यूनतम हस्तक्षेप के अन्तर्गत सामंजस्य बिठा सकते हैं। यह जरूरी नहीं है कि साथ रहने पर एक दूसरे पर टीका-टिप्पणी की जाएं। उम्र कोई बाध्यता नहीं है। मैं तुम्हारे साथ किसी भी रिश्ते के बन्धन को स्वीकार करने के लिए तैयार हूं।"

मानसी, "पिछले कई वर्षों से मैंने जो जीवन व्यतीत किया है, उसका अधिकांश भाग कल्पनाओं में व्यतीत हुआ है। यथार्थ में बहुत कम जियी हूं। आज भी न चाहकर कल्पनाओं में चली जाती हूं। यथार्थ में होते हुए भी काल्पनिक बातों में खो जाती हूं। शायद कल्पनाएं ही मेरी जिन्दगी का अभिन्न हिस्सा बन गई है। क्या बताऊं तमाम कोशिशों के बावजूद इस चक्रव्यूह से बाहर नहीं निकल पा रही हूं। दो विभिन्न दृष्टिकोणों के बीच फंसी रहती हूं। लगता है कि अस्तित्ववाद मुझ पर हावी हो गया है। मैं अपनी स्वतन्त्रताओं के साथ कोई समझौता नहीं

करना चाहती हूं। पता नहीं मैं स्वतन्त्रताओं को इतना महत्व क्यों देने लगी हूं? हो सकता है कि अकेले रहने का परिणाम हो। कभी कभी डरती भी हूं कि कब तक इस तरह का एकाकी जीवन व्यतीत करूंगी। बहुतों को देखती हूं कि बड़े आराम से एकाकी जीवन व्यतीत कर रहे हैं। कभी लगता है कि किसी का साथ मिल जाए तो अच्छा रहेगा। मस्तिष्क में विचारों का द्वन्द बना रहता है। इनसे निकलना मुश्किल लगता है। तुमसे मिलने के बाद इन्हीं उधेड़बुनों में उलझी रहती हूं। एक नये सवेरे के लिए नवीन मार्ग की खोज में लगी हूं।"

अमर, "तुम्हें एक मार्ग पकड़ना ही होगा। अभी हमारे पास साथ रहने के लिए लम्बा समय हैं। हम इस समय का पूरा सदुपयोग कर सकते हैं। जो अवसर हमने गंवाया है, एक सीमा तक उसकी भरपाई कर सकते है। निर्णय हम दोनों को लेना है। एक दूसरे की इच्छाओं और आकांक्षाओं का सम्मान करना है। यह मैं मानता हूं कि साथ रहने पर एक दूसरे से उम्मीद बढ़ जाती है। शायद यही लोगों के तनाव का कारण भी होता है। हमें मिलकर फैसला लेना है। एक ऐसा फैसला जिसमें दोनों की खुशी व्याप्त हो।"

मानसी, "तुम ठीक कह रहे हो। यही तो मैं भी चाहती हूं। चलो अब चला जाएं और शेष बातें कल फिर करेंगे। रात में सोचना कि क्या किया जा सकता है।"

फिर मिलेंगे - भाग ६

अमर और मानसी का नैनीताल प्रवास समाप्त हो चुका था। दोनों अपने अपने गन्तव्यों पर पहुंच चुके थे। दोनों को यह तय करना था कि आगे का जीवन किस तरह व्यतीत किया जाए। विकल्पों की कोई कमी नहीं थी। कम से कम तीन विकल्प उपलब्ध थे। विवाह, लिविंग इन रिलेशनशिप और अलग-अलग रहकर अक्सर मिलते रहना। दोनों को कोई न कोई मार्ग तो खोजना ही होगा।

मानसी ने सोचा जब भाग्य ने हमें पुनः मिलन का अवसर प्रदान कर दिया है तो क्यों न हम इसका सदुपयोग करें। लगता है कि यह ईश्वर की इच्छा है कि हम साथी बनकर शेष जीवन बिताएं। जो समय बर्बाद हो गया उसका हम कुछ नहीं कर सकते। इस पर बात हम दोनों को खुलकर करनी होगी। मेरी मानसिक स्थिति कुछ अजीब प्रकृति की है। मैं किसी के साथ रहकर बन्धनों को स्वीकार नहीं कर सकती। पूरे बाईस वर्ष नितांत एकाकीपन में बिताए है। अब किसी की रोक टोक अच्छी नहीं लगती। साथ रहने का अर्थ है सामंजस्य। सामंजस्य की मात्रा हरेक की अलग अलग होती है। शायद मेरी यह सामंजस्य शक्ति शून्य या नगण्य है।

कुछ ऐसा ही अमर भी सोचने लगा था। माना कि मैंने कई मोड़ों पर सामंजस्य भी बिठाया है। मानसी का साथ पाने के लिए मैं किसी भी सीमा तक जा सकता हूं। मेरा एक मात्र उद्‌देश्य उसका साथ पाना है। उसके बिना पहले भी मैं अधूरा था और आज भी अधूरा हूं। अगर मुझे किसी अन्य का साथ चाहिए होता तो मैं विवाह मार्ग को चुन सकता था लेकिन मैं तो मानसी की यादों के साए में खोया रहा था। आज अवसर मिला है तो उसका उपयोग करना चाहिए। मैं उसे अब किसी हाल में छोड़ नहीं सकता। मैं उसके साथ रहने के लिए कुछ भी कर सकता हूं।

बस मुझे मानसी का साथ चाहिए और कुछ नहीं। अमर की उधेड़बुन को मानसी के फोन की घंटी ने तोड़ा,"अमर! हमें मुलाकात करनी होगी अपने भविष्य के लिए। कैसे अपने सपनों के जीवन को यथार्थ स्वरूप में परिवर्तित करें। अपने सपनों को साकार करने के लिए। कल शाम को मिलो। इस सम्बन्ध में चर्चा करेंगे।"

अगले दिन अमर और मानसी मिले।

अमर, "अच्छा बताओ! क्या सोचा है तुमने।"

मानसी, "तुम्हीं बताओ! कम से कम तुम्हारे विचार तो जान लूं तभी तो कोई राय बना पाउंगी। वैसे तो मैं सोच कर आयी हूं कि कैसे रहा जा सकता है। खैर विचार भी बदल भी सकते हैं।"

अमर,"मैं एक बात जानता हूं कि मुझे तुम्हारा साथ चाहिए। मैं तुम्हारे साथ के लिए उत्सुक और उत्साहित दोनों हूं। तुम्हारे तलाशे हुए रास्ते को मैं बिना शर्त मान लूंगा क्योंकि अब तुम्हें खोना नहीं चाहता वो भी जीवन के इस पायदान पर। मुझे सामंजस्य बिठाने में कोई समस्या नहीं है। मैं तुम्हारा साथ पाने के लिए हर तरह से तैयार होकर आया हूं।"

मानसी, "बहुत चालाकी से तुमने अपनी बात रख दी है लेकिन मेरा दृष्टिकोण अभी भी ढुलमुल है। विवाह एक मार्ग है मगर कानूनी बन्धनों से भरपूर। इतने वर्षों के आजाद जीवन के बाद मैं शायद बन्धनों का बोझ उठा नहीं पाऊंगी। मैं तुमसे झगड़ा या विवाद में पड़ना नहीं चाहती। विवाह होने के बाद यह सब होने लगता है। इन सबको बर्दाश्त करना मेरे वश में नहीं है। तुम जान रहे हो कि वर्तमान में तलाक की मात्राओं में दिन प्रतिदिन वृद्धि होती जा रही है। कभी कहीं ऐसा न हो कि हम लोग एक ऐसे मोड़ पर पहुंच जाएं जहां तलाक के

अलावा कोई और विकल्प न बचा हो। मैं विवाह बंधनों से दूर रहना चाहती हूं। शायद तुम भी यही चाहोगे। दूसरा तरीका है लिविंग इन रिलेशनशिप। यह नया तरीका बहुत अच्छा है। बिना बन्धनों का। अपनी मर्जी से जियो मगर एक बार साथ रहने पर एक दूसरे पर टीका-टिप्पणी स्वाभाविक है। हम दोस्त नहीं है। एक दूसरे से प्रेम करते हैं। मानो कि हमने कुछ नहीं कहा मगर तुम मेरी ओर या मैं तुम्हारी ओर देख सकती हूं। देखने और कहने के कई अर्थ हो सकते हैं। तुम मेरी प्रंशसा कर सकते हो जो मैं न चाहती हूं। एक दूसरे की बातें परेशान कर सकती हैं। इसका एक ही कारण है - बाईस वर्षों में अलग रहने का अनुभव और आदत। उम्र के इस पड़ाव पर इस आदत का न छूटना मूझे मुश्किल लग रहा है। किसी बिषम परिस्थिति में हमें एक-दूसरे को छोड़ना भी पड़ सकता है। यह सब मेरी कल्पना है मगर सच भी हो सकती है। भले ही इस प्रकार की संभावनाएं नगण्य है, फिर भी इन्कार नहीं किया जा सकता है। मुझे लगता है कि हम जैसे हैं वैसे ही रहें। अलग अलग ही रहें। मिलते रहें। अलग अलग रहकर भी हम साथ साथ एक नए तरीके से अपने जीवन के सफर को आगे बढ़ा सकते हैं। यह विचार ही मुझे उचित प्रतीत हो रहा है।"

अमर, "मैंने कहा था कि मैं तुम्हारी बात से सहमत हूं। मैं तुम्हें दोबारा खोना नहीं चाहता। अगर हमने मिलना होता तो हम अलग ही नहीं होते। तुम्हारे प्रस्ताव से अलग या विछोह की सारी भय की आशंकाएं समाप्त हो जाती है। फिर से अलग कभी नहीं।"

मानसी, "चलो, सामने ढाबे पर चाय पी के चलते हैं। कल फिर मिलेंगे। मिलते रहेंगें।

22

बड़ा दिल

मंगल बहुत ही गरीब था। बुन्देलखण्ड क्षेत्र में घर था उसका। मंगल के पास जो जमीन थी वो एकदम पत्थरीली थी। उसपर पानी की बेहद कमी। आसपास जंगल ही जंगल। विकास की गति धीमी। यह जरुर था कि मंगल के घर के नजदीक कई आफिस खुल गये थे। कस्बे को तहसील का दर्जा मिल गया था। इसी वजह से कुछ आफिस बन गए थे। मंगल को भी अक्सर इन आंफिसों में दैनिक मजदूरी का काम मिल जाता था। मैं भी उसे जब भी कोई काम होता तो दे देता। एक बार उसने चाय की दुकान खोली मगर एक माह के बाद बंद करनी पड़ी क्योंकिछ इलाके के दबंगों ने उसे धमकाकर भगा दिया। उसकी जगह पर अपने आदमी की दुकान खुलवा दी। आफिस होने की वजह से दुकान चल निकली थी मगर मंगल के नसीब में नहीं थी।

मंगल की जिंदगी पुराने ढर्रे पर चलने लगी। दो दिन की चांदनी फिर अंधेरी रात वाली कहावत चरितार्थ हो गयी। कभी कभी वह जंगल से लकड़ी इकठ्ठा करके भी कुछ पैसे कमा लेता था। उसकी पत्नी और बच्चे भी इसी तरह के काम करके थोड़ा बहुत कमा लेते थे।कभी कभी आफिस में कार्य करने वाले भी सहायता कर देते थे।

एक दिन मुझे दैनिक मजदूर की जरूरत थी। मैंने मंगल को बुलाया मगर वह घर पर नहीं था। फिर पड़ोसी जमुना से काम करवा लिया। मंगल शाम को आया तो मैंने कहा तुम कहां थे। आज काम था। तुम को

बुलवाया था। तुम नहीं थे तो जमुना को दे दिया। तुम्हें कुछ पैसे मिल जाते। मंगल बोला , " जैसा मैं वैसा जमुना। उसकी हालत भी मेरी जैसी है। उसको भी खाने को चाहिए। अच्छा ही हुआ कि उसे पैसे मिल गये । आज उसके पास कुछ नहीं था"

मंगल की बात सुनकर मुझे लगा कि बहुत बड़ा दिल है इसका। आजकल तो एक एक पैसे के लिए मार कर रहे हैं।

23

बदलाव

शुचि की मां ने उसकी बुआ को फोन करके कहा, “ बुआ जी! प्रणाम। आपको खुशी होगी कि शुचि का चयन फैशन डिजाइनिंग कोर्स के लिए हो गया है लेकिन इसे आपके शहर के कॉलेज में दाखिला लेना है। हम चाहते हैं कि यह आपके संरक्षण में रहें।”

बुआ जी ने जवाब में कहा, “ ममता। यह बहुत अच्छी बात है। मेरा संरक्षण इसे अवश्य प्राप्त होगा लेकिन एक बात कहना चाहती हूं कि मेरी उम्र काफी हो गयी है। मैं अब बहुत काम नहीं कर सकती हूं। दोनों बच्चे भी विदेश में हैं। कभी कभी आते हैं। मैंने अपनी जीवन शैली को बदल लिया है। शुचि अवश्य आए मगर उसे अपने सारे काम स्वंय ही करने होंगें। मेरा साथ अवश्य रहेगा।”

शाम को ममता ने सारी बातें अपने पति रमेश को बतायी तो उनका कहना था कि, “ शुचि ज़िद्दी है। इसे घर के काम नहीं आते है। नए जमाने की है। नए विचारों की है। उसका रहन सहन एकदम अलग है। पता नहीं अपनी बुआ के साथ एडजस्ट कर पाएगी या नहीं। साथ ही उनकी उम्र भी हो गयी है।”

ममता ने बात को आगे बढ़ाते हुए कहा, “ बात तो ठीक है। हमें शुचि को हॉस्टल में रख देना चाहिए। वहां पर अपने तरीके से रहेगी। कोई एडजस्टमेंट की समस्या भी नहीं होगी। हॉस्टल नहीं मिलेगा तो कहीं पेइंग गेस्ट बन जाएगी। हां संरक्षण बुआ जी का ही रहेगा।”

आखिरकार फैसला हुआ कि शुचि को हॉस्टल में रखा जाए और बुआ जी का नाम संरक्षण के कॉलम में लिख दिया जाए। कभी कभी यह बुआ से मिलने जाया करेगी। इससे जनरेशन गैप की समस्या भी नहीं होगी।

दो दिनों के बाद रमेश और ममता ने देहरादून में शुचि का एडमिशन करवा दिया और उसे गर्ल्स हॉस्टल में एडजस्ट करवा दिया। इन कार्यों को पूरा करने के बाद सब बुआ जी से मिलने पहुंचे। उन्हें देखकर बुआ जी बहुत प्रसन्न हुईं और बोली, "यह शहर बहुत अच्छा है। यहां शुचि को कोई तकलीफ़ नहीं होगी। एकदम आधुनिक है।"

बातों ही बातों में रमेश ने बताया कि शुचि को गर्ल्स हॉस्टल में प्रवेश दिला दिया है। बीच-बीच में आपसे मिलने आती रहेगी। संरक्षण आपका ही रहेगा।

बुआ जी ने शुचि से कहा, " शुचि तुम प्रत्येक रविवार को आती रहना। हम लोगों की जीवन शैली को देखना। तुम्हें अच्छा लगेगा।"

शुचि ने कहा, " मैं अवश्य आऊंगी। आखिर आपके अलावा यहां मेरा कौन है। कुछ देर बाद ममता, रमेश और शुचि चले गए। रमेश को आज ही वापस लौटना था।

धीरे-धीरे शुचि देहरादून में एडजस्ट हो गयी। गर्ल्स हॉस्टल में उसका मन लग गया लेकिन वह बहुत कम मित्र बना पायी। शुचि का रहन-सहन और विचार अलग किस्म के थे।

शुचि रविवार की सुबह तैयार होकर बुआ जी के यहां पहुंच गई। बुआ जी ने शुचि को बैठाया और हाल चाल पूछे और बातों-बातों में पूछा कि देहरादून में कहां कहां घूम आयी। यहां तो बहुत सारी जगहें देखने लायक है। पास में ही मसूरी है। कभी घूम आना। अच्छा मैंने नाश्ता बनाया है, खा ले।"

बुआ जी का नाश्ता देखकर शुचि को आश्चर्य हुआ। केवल फलों का नाश्ता था। शुचि ने भी फलों का ही नाश्ता किया। नाश्ते के बाद बुआ जी अपने काम में लग गई। इतने में कई लोग आ गए। वे सब बुआ जी को अपनी समस्याएं बताने लगे। बुआ जी उनकी समस्याओं का कोई न कोई समाधान बताती थी।

शुचि ने तय किया कि वह आगामी रविवार के दिन बुआ जी की जीवन शैली को गंभीरता से देखूंगी। शुचि ने नोटिस किया कि बुआ जी से मिलने आने वाले लोग गरीब हैं या सामान्य किस्म के व्यक्ति हैं। बुआ जी किसी को फार्म दे रही है और किसी का फार्म भर रही है। किसी को बैंक की जानकारी दे रही है तो किसी को सरकारी योजनाओं के बारे में जानकारी प्रदान कर रही हैं।

शुचि ने बुआ जी से पूछा, " लोग आपके पास ही क्यों आते हैं। ये सब काम तो ऑफिस में भी हो सकते हैं।"

बुआ जी ने कहा," शुचि बिटिया। इनको ज्ञान नहीं है। ये साधारण लोग हैं। कम पढ़े लिखे हैं। गरीब भी है। मैं तो मात्र इन्हें बता रही हूं कि कैसे विभिन्न योजनाओं का लाभ उठा सकते हैं। आज तो रविवार है, ऑफिस बन्द हैं। शेष दिनों में मैं इनके साथ जाकर काम में सहायता करती हूं। मैं भी अकेली हूं। मेरे भी समय का सदुपयोग हो जाता है और किसी का भला हो जाता है।"

शुचि प्रत्येक रविवार और जब भी अवकाश मिलता, वह देखने आती कि बुआ जी इन कार्यों को कैसे करती है। इनको कभी किसी प्रकार की उलझने भी नहीं होती है और न कभी गुस्सा आता है। एकदम शांत मन से काम करती है। प्रात:काल पड़ोस के लोगों को योगाभ्यास भी कराती है। पूरी दिनचर्या पूरी तरह निश्चित है। रात्रि में पुस्तक पढ़कर ही विश्राम करती है। बुआ जी मुझसे हर विषय पर बात कर लेती है। कितनी नॉलेज है इनको।

एक बार मैंने पूछा, " बुआ जी आपको इतना ज्ञान कैसे है कि आप सब विषयों पर बातें कर लेती है।"

बुआ जी ने कहा, "यह अपनी अपनी रूचि की बात है। ज्ञान प्राप्त करने में मुझे आनंद मिलता है। कभी कभी हम लोग आपस में मिलकर धार्मिक सत्संग तथा गोष्ठियों का आयोजन भी कर लेते हैं। इससे आपस में मेल मिलाप बना रहता है वर्ना आजकल लोगों के पास एक दूसरे की बुराई करने के अलावा कोई काम नहीं है। लोग अपने में ही व्यस्त हैं। उनके पास समय नहीं है। समाज के बारे में क्या सोचेंगे। समाज में आपसी सम्बन्धों में टूट इसी का नतीजा है।

शुचि को लगा कि इनके विचार और कार्य एकदम अलग है। इन की सोच कल्याण से प्रेरित है। इस उम्र में भी बुआ जी निरंतर कार्य करती रहती है और हम लोग अपने लिए ही जी रहे हैं। केवल अपना ही सोचते हैं। धीरे-धीरे शुचि के विचार बदलने लगे। उसे लगा कि वह बदलती जा रही है। बुआ जी की तरह उसने खादी के कपड़े पहनने शुरू कर दिये। एक दिन जब वह खादी के सलवार-कमीज में बुआ के यहां आयी तो उन्होंने कहा, " अरे! तू भी खादी पहनने लगी है। अच्छी बात है मगर एक बात कहूंगी कि तुम नयी पीढ़ी की हो। तुम्हें उसी तरह से रहना चाहिए जैसे नयी पीढ़ी रहती हैं नहीं तो दुनिया की दौड़ में पिछड़ जाएगी।"

" बुआ जी। पिछड़ जाने दो। आपसे मैंने बहुत कुछ सीखा है। मात्र कुछ दिनों में। जब मैं यहां आई थी तो केवल अपने बारे में सोचती थी लेकिन अब सब के बारे में सोचती हूं। कुछ तो परिवर्तन आना ही चाहिए। बस आपका आशीर्वाद चाहिए कि मैं भी अपना अंशदान समाज को दे पाऊँ। मुझे आपसे आइडिया चाहिए कि किस दिशा में अपने कदम आगे करने चाहिए।"

बुआ जी, " मैंने तो छोटे मोटे काम ही किये है। जितनी मेरी क्षमता है उतना ही कर पाती हूं। जो कर पाती हूं उससे मन को तसल्ली हो जाती है कि कुछ तो मेरा जीवन सार्थक हो पाया। तुम्हें मेरी सलाह है कि तुम मनोविज्ञान का अध्ययन कर समाज में बढ़ते हुए टूटते हुए और बदलते रिश्तों पर काम करो। मैं अखबारों और पत्रिकाओं में रोज पढ़ती हूं कि समाज में रिश्तों का स्वरूप बदलता जा रहा है। एक अजीब किस्म की अलगाववाद की प्रवृत्तियां लोगों में जन्म लेती जा रही है। समाज के मूल्यों के मायने दिन प्रतिदिन नये रूप लेते जा रहे हैं। अब तुम ही देखो कि तलाक के मामलों में बढ़ोतरी होती जा रही हैं। सीधा अर्थ है कि पति-पत्नी के रिश्ते टूटते जा रहे हैं। विवाह नामक संस्था की उपादेयता कम होती जा रही है। विवाह के स्थान पर लिविंग इन रिलेशनशिप का विचार का अभ्युदय हुआ और अब यह सामाजिक नियम बन गया है। साथ ही इसे न्यायालय की स्वीकृति भी मिल चुकी है।

इसी प्रकार की समस्या से आज के वृद्ध जन भी ग्रसित है। पहले क्या कभी वृद्धाश्रम होते थे। आजकल रोज सुनने में आता है कि फलां

ने अपने मां बाप को वृद्धाश्रम पहुंचा दिया है। स्थिति इतनी दयनीय हो गयी है कि मां-बाप खुद ही वृद्धाश्रम तलाश रहे हैं ताकि सुकून की जिंदगी जी सके। यह टूटते रिश्तों का ही नतीजा है। आज व्यक्ति की धुरी केवल अपने हित के चारों ओर घूमती है। व्यक्ति अपने में ही व्यस्त है और किसी के लिए उस के पास समय नहीं है। बहुत मजबूरी में ही वह समय निकाल पाता है और उसी में परेशान हो जाता है। किसी के विवाह समारोह या शवयात्रा में शामिल भी बड़े अनमने भाव से शामिल होता है। यह सब विचारणीय मुद्दे हैं शुचि। तुम इन सब पर काम करो कि कैसे इन रिश्तों को बचाया जाए और भारतीय प्राचीन परंपराओं को पुनर्जीवित किया जा सके।"

शुचि, " आपने बहुत गज़ब की बात रखी। मैं इसी विषय पर कार्य करूंगी। आज से और अभी से। अपने लेखों और पोस्टर के माध्यम से लोगों का ध्यान आकर्षित करूंगी।"

देहरादून में शुचि के शेष दिन बुआ जी से ज्ञान अर्जन और काम सीखने में व्यतीत होने लगे।प्रत्येक रविवार और अवकाश का वह पूरा उपयोग बुआ जी के साथ काम करने में करती। अब जहां भी उसे अवसर मिलता वह अपनी अपनी बात रखने का प्रयास करती। कालेज की गोष्ठियों में अलग अलग टूटते हुए सामाजिक संबंधों पर विचार प्रस्तुत करती। धीरे धीरे उसे लोग जानने लगे।इस प्रकार उसका एक ग्रुप बन गया जो उसकी इन मामलों में सहायता करने लगा था। इस प्रकार के कार्य करने वाली संस्थाओं से वह जुड़ गयी थी। अब उसका कार्य क्षेत्र न केवल बदल गया था बल्कि बढ़ भी गया था। उसने तय किया कि वो मनोविज्ञान का अध्ययन कर के टूटते रिश्तों को बचाने का भरपूर प्रयत्न करेगी।

दो वर्ष बाद शुचि अपना कोर्स समाप्त के बाद लखनऊ पहुंची। एक सप्ताह के पश्चात् ममता ने शुचि से कहा, " तू तो बहुत ही बदल गयी है। पुरानी शुचि कहां है जिसे हमने देहरादून भेजा था। तुझ में तो बहुत बदलाव आ गया है।"

शुचि ने कहा, " यह बुआ जी के आशीर्वाद का परिणाम है। मां असली बदलाव तो मैं तब मानूंगी जब अपने विचारों और कार्यों से समाज में

टूटते हुए रिश्तों को बचा पाने में समर्थ हो पाऊं। देहरादून में भी मैंने इसी सम्बन्ध में काम किया था और अब इसी मुद्दे पर आगे भी काम करूंगी और लोगों को इसमें शामिल करके समाज में सुधार की कोशिश करूंगी। बस आवश्यकता है तो आप सभी के आशीर्वाद और सहयोग की।”

24

भय

राघव ने आफिस में नयी नौकरी पर अपना काम संभाल लिया था। वह एक हट्टाकट्टा खूबसूरत नौजवान था। थोड़े ही दिनों में वह आफिस के लोगों से घुलमिल भी गया था। अक्सर लोग उसे शादी की बात को लेकर छेड़तें रहते थे। इसी तरह के हंसी मज़ाक में तीन वर्ष गुज़र गए थे। राघव अभी भी कुंआरा था। विवाह की बात पर उसका एक ही जवाब होता कि तलाश जारी है। फिलहाल कोई अपने लायक की मिल नहीं रही है।

कुछ समय बाद मेरा तबादला दूसरे शहर में हो गया। धीरे धीरे राघव के साथ सम्बन्धों में कमी आ गयी। कभीकभार हाल चाल हो जाते थे। कल सुबोध का फोन आया था, कह रहा था कि, "क्या आपको मालूम है कि राघव शादीशुदा था मगर अपने को कुंआरा घोषित कर रखा था।"

मैंने कहा," पूरी कहानी बताए। ऐसा लगता तो नहीं था।"

सुबोध, " सब सुनी सुनाई बातें हैं। नीमा नाम की एक महिला मेरठ शहर के एक आफिस में काम करती है। एक दिन किसी फार्म में वह अपना व्यक्तिगत विवरण लिख रही थी कि अचानक स्नेहा की नजर उसके फार्म पर पड़ गयी। उसने राघव को अपना पति लिखा था और पता भी राघव से मेल खा रहा था। सारी जानकारी राघव से मिल रही थी । मोबाइल नंबर भी राघव का ही था।"

स्नेहा ने नीमा से पूछा कि वह कब से राघव को जानती है।

यह मात्र संयोग ही था कि स्नेहा भी राघव से परिचित थी। दोनों राघव और स्नेहा कांलेज में एक साथ थे। स्नेह और नीमा की नियुक्ति एक साथ ही हुई थी। उसी दिन शाम को स्नेहा ने मुझे फोन किया और कहने लगी कि राघव ने विवाह कर लिया। बताया तक नहीं। निमंत्रण भी नहीं दिया।

मैंने कहा, " क्या बात करती हो। वह तो कुंआरा है। कल ही कह रहा था कि लड़की देखने के लिए घर से बुलावा आया है।"

स्नेहा," यहां आफिस में मेरे साथ एक महिला कार्य करती है। नीमा नाम है उसका। उसने अपने व्यक्तिगत विवरण में राघव को अपना पति लिखा है। उसकी सारी जानकारी राघव से मेल खा रही है। आप ज़रा पता कीजिए कि सच्चाई क्या है।"

सुबोध ने स्नेहा की बातों को गंभीरता से लेते हुए ऑफिस के लोगों से चर्चा की। सभी का सुझाव था कि सीधे राघव से ही इस परिपेक्ष्य में बात की जाए। अगर यह बात सही है तो राघव को अपने बारे में सही जानकारी देनी चाहिए। यदि कभी भविष्य में जांच हुई तो मुश्किल में पड़ जाएगा।

अगले दिन सुबोध ने आफिस के सभी लोगों के सामने सारा प्रकरण राघव के सामने रख दिया।

सुबोध ने कहा, ,"बताए राघव! सच्चाई क्या है? हम सब तुमसे आयु और अनुभव दोनों में बड़े हैं। हम तुम्हारे हितैषी है। कहीं बात में ज़रा सी भी सत्यता निकली तो बिना बात परेशानी में आ जाओगे।"

राघव स्थिति को भाप चुका था। आफिस में हो रही गुपचुप बातों से उसे थोड़ा बहुत एहसास हो गया था।

राघव, "सच्चाई यह है कि मैं और नीमा एक दूसरे से प्यार करते हैं। हम दोनों लिविंग इन रिलेशनशिप में रह रहे थे। एक दिन अचानक नीमा ने कहा, "अब बहुत हो गया। ऐसे हम कब तक ऐसे रहेंगें। मै मां बनने वाली हूं। वर्षों हो गए प्रेम करते हुए और छिपछिप कर रहते हुए। अब यह रिश्ता कानूनी दर्जा चाहता है।"

"मैं क्या करता? नीमा मेरा वर्षों का प्रेम थी। पिछले दस वर्षों से हम साथ साथ थे। मैं उसके बिना अपने आप को अधूरा समझता था। मैंने इस पर उससे कोई बहस नहीं की। मंदिर में विवाह कर लिया और फिर

मैरिज रजिस्ट्रार के पास जाकर अपने रिश्ते को पूरी तरह से कानूनी जामा पहना दिया।" राघव ने अपनी बात पूरी की।

सुबोध," यह बताए कि तुम अपने आप को कुंआरा क्यों लिखते हो। क्या तुम्हें नियमों की जानकारी नहीं थी?"

राघव, "मामला बात खुलने का है। नीमा मेरी जाति की नहीं है। विजातीय है। अगर यह बात खुल गयी तो कुछ भी हो सकता है। गांव का माहौल शहरी माहौल से एकदम भिन्न होता है।आज भी अंतर्जातीय विवाह करने में हजारों पेंच है। मैं यह जानता था इसलिए सब कुछ छिपा कर नरखा हुआ है। मेरे घर वाले कभी भी इस विवाह के लिए तैयार नहीं होते। अगर मैं कहता तो मामला पंचायत तक जाता। पता नहीं पंचायत क्या रुख अपनाती। पंचायत के निर्णय को मानना ही पड़ता। घरवालों का भरोसा नहीं। मामला ऑनर कीलिंग तक भी पहुंच सकता है। यह सब आप लोगों की समझ से बाहर है। ऐसी बातों से कभीकभार खून ख़राबा भी हो जाता है। गांव की राजनीति कुछ विशेष किस्म की होती है। किस करवट मोड़ लेगी, कोई नहीं बता सकता। नीमा को गांव ले जाने का मतलब उसके जीवन को खतरे में डालना है। इसी कारण यह सब कर रहे हैं। शहर में हमें कोई नहीं जानता और ऐसी बातों का बहुत असर भी नहीं होता है। शहर में लोगों को एक दूसरे की निजी जिंदगी से ज्यादा मतलब भी नहीं रहता है। एक प्रकार का मनोवैज्ञानिक प्रभाव हमारे ऊपर हमेशा बना रहता है। इस बात के खुल जाने के भय से झूठ लिखता और बताता रहा हूं।"

सुबोध, "अब अपनी भूल को सुधार लो। अपने आप को विवाहित बता दो। कहना कि अभी हाल में ही विवाह किया है। विजातीय विवाह होने के कारण किसी को भी नहीं आमंत्रित नहीं किया।'

आफिस के एक अन्य सहयोगी ने पूछा, " कोई सन्तान तो नहीं है?"

राघव, " एक लड़की है। यह मात्र संयोग ही है कि हम दोनों अलग-अलग शहरों में रह रहे हैं। अभी तक घरवाले अनजान हैं। मैं भी घर बहुत कम ही जा पाता हूं। अगर अधिक जांऊगा तो विवाह के लिए दबाव बनाएगें। फिलहाल लक्ष्य यही है कि घर वालों को मालूम न हो। जिस दिन मालूम होगा कोई न कोई तमाशा अवश्य होगा।"

सुबोध, " लेकिन ऐसा कब तक चलेगा?"

राघव, " जब तक चल जाएं। भविष्य किसने देखा है।"

मैंने कहा," तुमने अच्छा ही किया। उसे सही सलाह देकर परेशानी से बचा लिया। मैं भी उससे बात करुंगा।"

25

मलाल

उदयभान जी मेरे प्रातः कालीन भ्रमण के साथी हैं। हम दोनों एक ही मोहल्ले में रहते हैं। मैं शहर में नया था। एक दिन रास्ते में बात करते हुए पहचान हो गई। तबसे हम साथ ही घूमने जाने लगे। पार्क में उनके जानने वाले कई लोग हैं। बचपन से ही इसी शहर में उदयभान जी के दिन बीते हैं। उनकी बातें बड़ी ज़ोरदार होती हैं। पार्क में हम लोगों ने कुछ समय बातों के लिए निश्चित किया था ताकि कुछ मनोरंजन हो सके और अकेलापन दूर किया जा सके।

तीन चार दिनों से उदयभान जी से मुलाकात नहीं हुई थी। पहले सोचा की शायद शहर से बाहर गए हों। मैं भी बड़ा अजीब हूँ। इतने समय सुबह उनके साथ घूमता रहा मगर मोबाइल नंबर नहीं ले सका। खैर अब उनकी जानकारी तो प्राप्त करनी ही होगी।

मैंने दिनेश से कहा, 'भाई उदयभान जी के घर चलना है। आजकल प्रातः कालीन भ्रमण पर नहीं आ रहे हैं।'

दिनेश- 'तुम्हे पता नही कि उनकी तबियत ख़राब है। हमलोग तो कल देख आये थे। अब ठीक हैं।'

मैंने कहा, 'मुझे भी जाना था। तुम सब बिना बताए ही चले गये। कम से कम मुझे भी साथ ले लिया होता।'

दिनेश- ' चलो कोई बात नहीं। गलती हो गयी। ऐसा है की आज सांयकालीन सत्र का कार्यक्रम उदयभान जी के घर का बना लेते हैं। मैं

शाम को तुम्हारे घर आ जाऊंगा। साथ चले चलेंगे।'
मैंने कहा, 'ठीक है। तुम्हारी प्रतीक्षा करूँगा।'
मैं और दिनेश अपने अपने घरों को चले गये। शाम को मैं जल्दी ही तैयार हो गया। पता नही क्यों उदयभान जी से मिलने का बहुत मन कर रहा था। लगता है कि साथ रहते रहते मुझे उनसे लगाव हो गया था। मेरी बड़ी अजीब कमज़ोरी है जिसके साथ समय व्यतीत काट लेता हूँ, उससे मेरा लगाव हो जाता है।
थोड़ी देर में दिनेश आ गए। हम दोनों उदयभान की के घर को चल दिए। थोड़ी देर बाद हम दोनों उनके यहाँ पहुँच गये। दरवाज़ा खोलकर हम अंदर गए तो देखा उदयभान जी आराम कर रहे हैं।

मैंने खड़े खड़े ही पूछा, 'कहिये कब से तबियत खराब चल रही है? हमें बता देते तो हमें भी सेवा का अवसर प्राप्त हो जाता।'

उदयभान- 'अभी कौन सी देर हुई है? सेवा के बहुत मौके आएंगे। पहले बैठिए तो सही।'
मैं और दिनेश बैठ गये। सामान्य बातचीत होने लगी। इतने में उदयभान जी की श्रीमती जी चाय नाश्ते के साथ उपस्थित हो गयी और बोली, 'आप लोग चाय पीजिए।'
उदयभान- 'थोड़ी चाय हमें भी दे दीजिये।'
श्रीमती जी ने कहा, 'चाय पी के तो यह हाल कर रखा है। अब कुछ कम कर दीजिए। फिर हमारी ओर देखकर बोलीं, 'इन्हें तो हर घड़ी चाय ही चाहिए।'
हम लोग चाय पीने में लग गए। बात करते करते उदयभान जी कहने लगे, 'हमें तो इस मकान में पूरे पचास वर्ष हो गये. हो सकता है कि ज़्यादा भी हो गये हो। हम तो इसी गली के होकर रह गए हैं। यहीं पैदा हुए यहीं खेले और भाग्य ने भी यहीं नौकरी दिला दी।' कभी कभी पुरानी यादें बहुत सताती हैं। कितने लोग इस दुनिया से जा चुके हैं। सामने जो मकान है उसमे शर्मा जी रहा करते थे। उनका बहुत बड़ा व्यापार था। उस ज़माने में भी लाखों में खेलते थे। मुझे बहुत मानते थे। उनका संयुक्त परिवार था लेकिन अपनी कोई संतान नहीं थी। उस समय मैं छोटा था। उनके बहुत से काम कर दिया करता था। एक दिन मैं उनकी दुकान के पास से

गुज़र रहा था, तो आवाज़ लगाकर शर्मा जी ने कहा, 'अरे उदय ज़रा यहाँ तो आ। घर जाकर अपनी चाची से रूपए ले आ।'
मैं चला गया. चाची ने मुझे रूपए दे दिए। पता नही कितने थे। एक कपड़े की पोटली में दिए थे। मैं पोटली लेकर दुकान पहुंचा और शर्मा जी को पकड़ा दिए। एकाएक मैंने उनसे पूछ लिया, 'काका! अगर गली में मुझसे कोई यह पोटली छीन लेता तो आप क्या करते?'
शर्मा जी ने कहा, 'बेटा क्या फर्क पड़ता। घर से दोबारा मंगवा लेता। जो गया उस पर क्या रोना।'
मैं अवाक रह गया ऐसा सुनकर। वाह! पैसे की कोई चिंता ही नहीं। एक हमारे घर में एक एक पैसे का हिसाब रखा जाता है। आप लोगों को एक बात बता दूँ कि शर्मा जी ने कई बार बातों बातों में मेरे पिताजी से कहा, 'उदय को मुझे दे दो। मैं गोद ले लेता हूँ।'
पिताजी बोले, 'शर्मा जी अभी आपकी शादी को बारह वर्ष ही हुए हैं। अभी पूरी सम्भावना है की आपको संतान का सुख मिल सकता है। इतनी जल्दी क्या है गोद लेने की। फिर उदय कहीं भागा तो नहीं जा रहा।'
मैंने यह बात सुन ली थी। सोचने लगा कि शर्मा जी अगर गोद ले लेंगे तो मजे ही आ जाएंगे। पैसे की कोई चिंता नहीं रहेगी। मैं तो खूब मज़े करूँगा। पता नही क्या क्या सपने देखने लगा। मैं यही प्रार्थना करता कि शर्मा जी की कोई संतान न हो। अजीब होता है बचपन, जो नहीं सोचना चाहिए वो भी सोचने लगता है। समय बीतता गया, बात आयी गयी हो गयी. कुछ वर्षों बाद शर्मा जी को पुत्र रत्न की प्राप्ति हुई, विवाह के पूरे अठारह वर्ष बाद। बहुत ज़ोरदार दावत हुई। यहाँ तक की पड़ोसियों की लिए भी नए कपड़े बनवा दिए गए। पूरे सप्ताह भर तक पकवानों का सिलसिला चलता रहा।
सच कह रहा हूँ की मुझे ज़रा भी मलाल नहीं रहा कि शर्मा जी ने मुझे गोद नहीं लिया। आज शर्मा जी का बेटा विदेश में ही बस गया है। यहाँ अब उनका कुछ नहीं बचा है।'
मैंने पूछा, 'क्या शर्मा जी के बेटे से आपकी जान पहचान थी?'
उदयभान जी ने कहा, 'क्यों नही थी। आज भी कभी कभी उसका फ़ोन आ जाता है। यहाँ से जाने से पहले भी उसने अपना बचपन यहीं व्यतीत

किया था। भला कोई अपने बचपन और गलियों को भूल सकता है? कभी आएगा तो आपसे मिलवाऊंगा। वही सरल स्वभाव, चिंता मुक्त जीवन।'
बातें करते करते बहुत देर हो गयी थी। गली में अँधेरा छा गया था। मैंने कहा, 'दिनेश, अब चलना चाहिए। इन्हे भी आराम की ज़रूरत है। अगर बैठे रहे तो फिर कोई किस्सा शुरू हो जाएगा।'
हम दोनों नमस्कार करके गली में चलने लगे।

26

मिली भगत

रात के दो बजे का समय था। कीर्ति के घर की डोर बेल लगातार बज रही थी। घर में तीन लोग कीर्ति, उसका पति संजीव और बेटी सारिका थे। तीनों डोर बेल की आवाज़ से डर गये थे। क्या करें समझ नहीं पा रहे थे। संजीव ने पहला दरवाजा खोल कर देखा तो एक महिला दिखाई

दी। संजीव ने दूसरा दरवाजा खोल दिया और उस महिला से बोला , "क्या बात है? इतनी रात गए बेल क्यों बजा रही हो? कहां से आयी हो और किससे मिलना है?"

महिला, " आपने ही तो बुलाया है। मेरे यार संजीव! तूने तो मेरे पास आना ही छोड़ दिया है। तेरे इंतज़ार में आंखें सूज गयी है। क्या बात है? कल रास्ते में मैंने टोक दिया था तो तूने कहा कल रात में घर पर आना। तूने ही तो घर का पता दिया था। मुझे तेरे घर का पता मालूम थोड़े ही था। मैं आ गयी संजीव। ले चल मुझे अन्दर।"

महिला ने संजीव को पकड़ लिया और गले लगकर जोर से रोने लगी और कहने लगी 'संजीव ! मुझे मत छोड़। मैं तेरी हूं। सिर्फ तेरी।'

संजीव, "कौन हो तुम? मैं तुम्हें नहीं जानता। क्यों अंट शंट बकी जा रही हो? क्यों मेरे पीछे पड़ी हो।"

महिला, " मधु नाम है मेरा। क्यों भाग रहे हो मुझसे। बीबी बच्ची से डर रहे हो? तब कहां था डर जब मुझे डोरे डाल रहे थे। आज कह दो इन से मैं मधु का हूं। बोलो संजीव कब तक चुप रहोगे।"

कीर्ति और सारिका अवाक रह गयी थी। कीर्ति सोचने लगी कि कैसा धोखेबाज है? एकदम झूठा पति। कह रहा है कि मेरा इससे कोई मतलब नहीं है। उसे तो इस का नाम भी मालूम है। वह तो यह भी जानती है कि मैं इस की पत्नी हूं। एक दूसरी महिला के साथ नाजायज संबंध। पता नहीं कब से छान रहे हैं मौज मस्ती। छी: छी: छी:। सारिका भी ऐसी ही बातें अपने बाप के लिए सोचने लगी थी। छी: कैसा बाप। न लाज और न शर्म। बेशर्म कहीं का।

मधु, " सुन! संजीव की बीवी लगती हो। यह मुझे रोज़ एकांत में बुलाता था। पूरे दो साल से चल रहा है इसका और मेरा चक्कर। अक्सर शाम को मेरे पास आता है मैं इसकी शामें हसीन करती हूं। तुझ में दम होता तो मेरे पास क्यों आता?"

इतने में सामने फ्लैट में रहने वाली पूनम हल्ला सुनकर बाहर आ गयी और माहौल को समझने की कोशिश करने लगी।

पूनम, " क्या बात है?"

कीर्ति, " यह महिला मेरे पति पर अनर्गल आरोप लगा रही है।"

मधु, " यह आरोप नहीं, सच्चाई है। यह संजीव अब मुकर रहा है। यह सालों से मेरा शोषण कर रहा है। बलात्कार किया है मेरा। बुलाओ पुलिस को वर्ना मैं जा रही हूं थाने में बलात्कार की रिपोर्ट लिखवाने। धोखेबाज कहीं का। बीबी के सामने शरीफ बन रहा है। फरेबी एक नंबर का।"

पूनम, " संजीव! कहीं यह रिपोर्ट न कर दे। ऐसी औरतों का कोई विश्वास नहीं है। देखो तुम्हारे घर तक आ पहुंची है। अगर रिपोर्ट हो गयी न तो पुलिस तुम्हें एकदम पकड़ कर ले जाएगी। मुझे तो मामला खतरनाक लग रहा है। मेरी मानो तो इस से बात कर लो। मुझे तो यह ब्लैकमेलर मालूम पड़ रही है। न जाने इसके साथ कौन कौन हो। वैसे तुम्हारी मर्जी। क्या नाम है तेरा। क्या चाहती है तू।"

मधु, " मधु नाम है मेरा। संजीव को चाहती हूं। यह घर मेरा भी है। अगर सामने खड़ी महिला इस की पत्नी है तो मेरा भी दर्जा पत्नी के समान है। इस घर का आधा हिस्सा मेरा है और मैं लेकर रहूंगी।"

इतना कहकर मधु संजीव के घर के अंदर दाखिल हो गयी और धम्म से सोफे पर बैठ गयी।

मधु, " संजीव! यह तूने किया। मामला गंभीर है। तेरी बात पर कोई विश्वास नहीं करेगा। सारी अंगुलियां तेरी ओर ही उठेंगी।

पूनम मधु की ओर देखते हुए बोली -" बदमाश कहीं की। शरीफ लोगों को परेशान करती है। ये बड़े लोग है। इन की बहुत इज्जत है। गलती किस से नहीं होती। बोल क्या चाहिए। मैं जानती हूं कि तू इनसे पैसा वसूलने आयी है। कितना पैसा चाहिए कमिनी।"

मधु, " तू कौन होती है। मेरे शोषण का हिसाब लगाती है। चल! निकाल दस लाख। अभी दो। उधार नहीं चलेगा। इन से बात कर । तू बुला कर देख लें । यह तेरे पास भी चला आएगा। "

पूनम, " संजीव! कुछ पैसा है तो देकर भगाओ इसे। यह अपनी औकात पर आ गयी है। न जाने क्या क्या बक रही है। अगर बात बिल्डिंग में फैल गयी तो न जाने कौन सी आफत आ जाए। न जाने लोग क्या बोलेंगे। पता नहीं कौन पुलिस को फोन घुमा दे। बड़ी मुश्किल हो जाएगी। बस किसी तरह बचा लो अपने को संजीव।"

कीर्ति, " तुम भी समझो। संजीव को जेल हो गयी तो सब कुछ बर्बाद हो जायेगा। आज तक मेरी दोस्त पुष्पा संभल नहीं पाई है । सारा पैसा राकेश की बीमारी में समाप्त हो गया। उस की बच्चों का तो कैरियर ही पूरा खराब हो गया। कुछ करो संजीव।"

पूनम, " तुम ठीक कह रही हो। जब तक पैसा है तभी तक लोग पूछते है। यह दुनिया बड़ी मतलबी है। मैं तुम्हारी दोस्त हूं। मेरी बात मानो। भावनाओं में मत बहो। माना संजीव ने गलती की है, यह बाद में देखा जाएगा। फिलहाल इस मुसीबत से पीछा छुड़ाना होगा। तुम दोनों देखो कितना कैश है घर में। जल्दी करो । पता नहीं कौन कब टपक पड़े।बड़े आदमी हो। होगा तो बहुत। सब ले आओ। कल फिर बैंक से निकाल लेना। इज्जत बड़ी चीज है। चली गई तो कहीं मुंह दिखाने के लायक नहीं रहोगे।"

संजीव और कीर्ति अन्दर कमरे में चले गये। कुछ देर बाद आकर संजीव कहने लगा, कुछ मिलाकर नब्बे हजार है।

मधु, "पूरे दस लाख से एक पाई कम नहीं लूंगी । भिखारी हूं क्या? वो तो वैसे ही मुंह से कम निकल गए। घर में कुछ गहना भी तो होगा। तू

पड़ोसी है। तू भी कुछ ले आ। कल इस से ले लेना। "

पूनम, " चुप कर कमीनी। कोई लूट मची है क्या? जितना होगा उतना देंगे।"

मधु," मोलभाव कर रही हो। यह सब नहीं चलेगा। कैसे भी करो। मैं कुछ नहीं जानती नहीं तो यही डेरा डाल दूंगी। फिर मत कहना ।"

पूनम, " संजीव! मैं देखती हूं। एक लाख आज ही लाई हूं। दीदी की बेटी की फीस जमा करनी थी। मैं आती हूं।"

कुल मिलाकर दो लाख पच्चीस हजार रुपए हूए।

पूनम, " कुल इतने ही है। अब भाग जा।"

मधु," बहुत चालाक हो तुम। बहुत साथ दे रही हो मुझे तो दाल में कुछ काला नजर आ रहा है। ऐसा करो संजीव तुम अपनी पड़ोसन को कल लाकर दे देना। मैं इसे बुलाकर ले लूंगी। बार बार आऊंगी तो किसी की भी नजर पड़ सकती है। वैसे तू छोड़ने लायक नहीं है। फिलहाल इतना ही लेकर जा रही हूं।"

मधु के जाते ही पूनम बोली, " कीर्ति! चिंता न करो। एक बला थी जो चली गयी।

कीर्ति, " यह बहुत धोखेबाज निकला। मेरी तो जिन्दगी खराब हो गयी। कहां जाऊं। लगता है कि इसी के साथ मरना लिखा है।"

पूनम, " पिछले छः महीनों से तुम्हारी पड़ोसन हूं। संजीव बहुत भला है। आदमी से गलतियां हो जाती है। अपना घर बार संभालो। मैं तो किरायेदार हूं। पता नहीं कब छोड़ना पड़ जाए। तुम्हारा मेरा अच्छा साथ रहा।"

कुछ दिनों बाद पूनम बोली, " कीर्ति! मैं मकान बदल रही हूं। कल चली जाऊंगीं। पता नहीं फिर कब मुलाकात हो। मुझे कुछ समय से लग रहा है कि तुम्हारे और संजीव के बीच सब कुछ ठीक ठीक-ठाक नहीं है। जो हो गया उसे भूल जाओ।

अच्छी तरह से रहना।"

जीवन के दिन हमेशा एक से नहीं रहते। इस घटना से संजीव और कीर्ति के सम्बन्ध में खटास आ गयी। केवल औपचारिक सम्बन्ध रह गये थे। बातचीत नहीं के बराबर रह गयी थी। जीवन में कोई उत्साह नहीं

रह गया था। दोनों के बीच सारिका पिस रही थी।

कुछ समय बाद कीर्ति सड़क पर टहल रही थी। सारिका भी साथ में थी। उन्होंने देखा कि उनके आगे दो महिलाएं चल रही हैं। कीर्ति को लगा कि शायद वह पूनम हो। वह उन की बातें ध्यान से सुनने लगी।

पहली महिला, "मधु! एक काम हो गया। क्या गजब की एक्टिंग की हम दोनों ने। बेचारा संजीव। पूरे दस लाख मिल गये। कीर्ति अभी भी संजीव से लड़ने में लगी हुई है। कभी कभी बेचारी पर दया भी आती है। बेवकूफ कहीं की।"

अब तक कीर्ति समझ गयी ये दोनों पूनम और मधु हैं।

मधु, " बहुत सही योजना थी। अब अगला कौन है।"

पूनम, " राकेश"

मधु, " कब तक होगा "

पूनम, " बस दो-चार दिन। आधी तैयारी हो गयी है। बस थोड़ा विश्वास पैदा करना है। इंतज़ार करो और कार्य को अंजाम देने के लिए तैयार रहो।"

इतने में दोनों आटो में बैठ कर निकल गयी।

पूनम और मधु की बातें सुनकर कीर्ति अवाक रह गई। जिस पूनम को वह अपनी शुभचिंतक समझती थी उसी ने योजना बनाकर उसे लूटा और धोखा दिया। बेचारे संजीव पर बेवजह ही शक किया। कीर्ति सारिका का हाथ पकड़ कर बोली, "चल ! सच बताकर घर पहुंच कर माहौल ठीक करते हैं।"

27

ठग

"औतुमने मुझसे ठग कर विवाह किया है। मेरे परिवार से झूठ बोला। मेरे मां बाप को मूर्ख बनाया है। तुम पूरे ठग हो" नन्दिता अपने पति आशुतोष पर चिल्ला रही थी"।

"ठग मैं नहीं हूं। न तुम्हें ठगा न तुम्हारे परिवार को ठगा। तुम्हारे मां बाप ने पूरी जांच पड़ताल के बाद ही हमारा विवाह किया"। आशुतोष ने जवाब दिया।

"तुमने अपने बारे में जो बताया,वह सब विवाह के बाद झूठ निकला। तुमने कहा कि तुम्हारे पास जमीन, संपत्ति मकान व पैसे हैं। कहां है सब। किसको दान करके आए हो"। नन्दिता ज़ोर से बोली।

"सुनो। हमारी अरेंज्ड मैरिज है। मैंने तुमसे लव मैरिज नहीं की है। मैंने मात्र इतना कहा था कि बैंक में नौकरी करता हूं। आज भी कर रहा हूं"। आशुतोष ने कहा

"सब जानती हूं। विवाह से पहले घर में आए थे तो बड़ी बड़ी डींगे हांकते थे। मेरे पास सबकुछ है। रहते थे किराये की खोली में, मगर कहते थे कि रहता हूं बंगले में। तभी तो हम बड़ी मुश्किल से रह रहे हैं। कहां है तुम्हारे बंगले "। नन्दिता ने कटाक्ष किया।

"नन्दिता पिछले आठ वर्षों से तुमने यहीं राग अलाप रखा हुआ है। मैं तुम्हारी इन बहसों और कटाक्षों से बोर हो गया हूं"। आशुतोष झल्ला कर बोला।

"मैं तुम्हारी रिपोर्ट कर दूंगी। जानते नहीं हो कि

महिलाओं की सुरक्षा के लिए कानून बन गये है। ज़रा रिपोर्ट कर दूंगी तो लेने के देने पड़ जाएंगे"। नन्दिता ने धमकाने के स्वर में कहा।

"जाओ। रिपोर्ट कर दो। मैं परवाह नहीं करता। मुझे कुछ होगा तो परेशानी तुम्हें ही होगी। मेरा क्या, मुझे तो खाना जेल में भी मिल जायेगा"। आशुतोष ने कहा।

"मैं जानती हूं कि तुम जेल क्या जाओगे। सब नाटक करते हो। ठगी से विवाह कर लिया। इस ठगी का बदला अवश्य लूंगी"। नन्दिता बोली।

यह क़िस्सा हमारे पड़ोस में अक्सर हो जाता। नन्दिता और आशुतोष हमारे पड़ोसी है। उनमें झगड़ा होता तो यहीं बातें होती मानो किसी ने टेप चला दिया हो। मैंने पत्नी निशा से कहा कि एक दिन बुलावा कर बात करो।आपस में मन में जमा बैर दूर करा दो। क्या अच्छा लगता है कि रोज़ इस तरह से लड़ा जाए। इन्हें तो अपने बच्चों की भी चिंता नहीं है।

निशा बोली " पड़ोसी है। पति-पत्नी है। झगड़ते हैं तो हम क्या करें। मानो हमने कोई सलाह दी और उन्होंने कुछ उल्टा सीधा कह दिया तो क्या उन से लड़ेंगे। उनका अपना मामला है। फ्री में आपका मनोरंजन होते रहता है"।

पत्नी की बात को सुनकर मैं चुप हो गया। समझ गया कि पत्नी ने कुछ नहीं करना है। अब मुझे ही कुछ करना है ताकि नन्दिता और आशुतोष के मन में एक दूसरे के प्रति कोई बैर भाव न रहे। आखिर उन्हें पूरी जिंदगी साथ रहना है। बच्चे है, उन की भी परवरिश करनी है। कहीं ऐसा न हो कि इन की लड़ाई ऐसा स्वरुप ले लें जिससे परिवार खंडित न हो जाए। यह सोचकर मैंने निर्णय लिया कि मैं नन्दिता और आशुतोष से अलग अलग बात करूंगा।

अब मैं उस अवसर की तलाश में रहता कि कब नन्दिता मुझे अकेले में मिल जाए ताकि मैं उससे बात कर सकूं। मन में डर भी था कि यह दांव उल्टा न पड़ जाए। आखिर एक दिन नन्दिता को अकेले में मिल कर बात शुरू की, "नन्दिता! तुमसे कुछ बातें करनी हैं"। मैंने कहा

"कहिए क्या कोई जरूरी बात है"। नन्दिता ने कहा।

मैंने कहा, " हम तुम्हारे पड़ोसी है अक्सर तुम्हारा झगड़ा हमारे कानों में पड़ जाता है। वहीं बातें व वहीं झगड़े का कारण। आखिर तुम कब तक झगड़ा करते रहोगे"।

" भाई साहब! मेरे दिल से पूछिएगा। एक से एक रिश्ते मेरे लिए तैयार थे मगर इन्होंने मेरे मां पिताजी को इतने सब्जबाग दिखाए कि वे इनके चक्कर में आ गए। मेरा विवाह इनसे कर दिया। जब हक़ीक़त मालूम हुई तो क्या किया जा सकता था। मैं तो ठगी गई। मेरे सारे सपने टूट कर बिखर गये। अब भी यह अपनी धौंस जमाते हैं। कब तक सहे, क्यों सहे। इन्होंनें झूठे सब्जबाग दिखा कर विवाह किया है तो सुनना पड़ेगा। मैं चुपचाप रहने वाली नहीं हूं"। नन्दिता सिसकने लगी।

मैंने बात को सुनकर कहा, " नन्दिता !अब तुम्हारे विवाह को काफी समय हो गया है। बच्चे है। उनका भविष्य सुधारने की कोशिश करो। कहीं इन बातों का असर बच्चों पर पड़ना शुरू न हो जाए। तुम्हें परिपक्वता दिखानी चाहिए"।

"कोशिश करेंगे! आपकी राय पर गौर

करूंगी। मगर ऐसा करना मेरे लिए बहुत कठिन होगा"।

इतना कहकर नन्दिता ने विदा ली।

अब मेरा उद्देश्य आशुतोष से मिलकर उसे समझाना था। मैं अब उचित अवसर की तलाश में था और यह अवसर मुझे मिला जब मैंने पान की दुकान पर आशुतोष को खड़ा पाया। मैंने कहा, "कहिए क्या हाल है"।

"नमस्ते! सब ठीक-ठाक है'। आशुतोष ने कहा।

मैंने कहा, " आओ कुछ बातें करें। मैं तुमसे एक जरूरी बात करना चाहता हूं। सुनो! तुम और नन्दिता लड़ते रहते हो। वह तुम पर हमेशा ठगी का आरोप लगाती है। बात हमारे कानों में भी पहुंचती है, आखिर पड़ोसी है"।

आशुतोष ने बात को काटते हुए कहा, " ऐसे झगड़े पति-पत्नी में होते रहते है। अगर यह सब न हो तो जीवन एकदम नीरस बन जाएगा"।

" यह सब तो ठीक है। पति-पत्नी में झगड़ा स्वाभाविक है मगर तुम्हारी ठगी का रहस्य समझ नहीं आया"। मैंने जानबूझकर उसे छेडा।

"मैंने उसे और उसके परिवार को ठगा नहीं है। एक दिन किसी काम से विश्वविद्यालय गया। वहां मुझे नन्दिता दिख गयी। एकाएक उसे देखते ही मुझे कुछ अजीब सा हुआ और वह अच्छी लगी। मैंने चुपचाप उसका पीछा किया और यह पता लगाया कि वह कौन है। मुझे यह जानकर प्रसन्नता हुई कि वह मेरी जाति की है और उस से मेरा विवाह हो सकता है। इतनी-सी जानकारी मिलनी थी कि मैंने अपने दूर के रिश्तेदार से नन्दिता के घर विवाह का प्रस्ताव भेज दिया। मैं एकदम अकेला था क्योंकि मेरे मां और पिताजी दोनों की एक दुर्घटना में मृत्यु हो गई थी। अकेली संतान था और मेरी बहुत जान पहचान भी नहीं थी। इस बीच में मौका मिलते ही नन्दिता का पीछा करता। क्या बताएं कि मुझे नन्दिता से प्रेम हो गया था। मेरा एकमात्र उद्देश्य नन्दिता से विवाह करना था।

इस बीच यह प्रगति हुई कि उसके मां पिता ने मुझसे ने मुझसे से मुलाकात की। अपने घर खाने को आमंत्रित किया और मेरे बारे में जानकारी प्राप्त की। मेरे पास मात्र नौकरी थी। मैं जानता था कि यदि उन्हें यह मालूम हो जाती कि मेरे पास केवल नौकरी है तो शायद रिश्ता मंजूर नहीं करते। मैंने बातों बातों में कह दिया कि मेरे पास जमीन, मकान व ढेर सारी संपत्ति है। यह सब मैंने नन्दिता को पाने के लिए किया। नन्दिता के मां बाप ने मेरे बारे में कई लोगों से पूछा तो कोई स्पष्ट जानकारी नहीं दे पाया क्योंकि मेरे बारे में बहुत कम जानते थे। उन्हें तसल्ली हुई कि मैं एक भला लड़का हूं। जरुर सम्पन्न घर का

होगा क्योंकि जमीन, जायदाद व मकान दूर के क्षेत्र में बताई थी। दूर के रिश्ते की बुआ ने भी यह कह दिया था कि मां पिता की मृत्यु के बाद सारी संपत्ति इसी को प्राप्त हुई थी। नन्दिता के परिवार के सन्तुष्ट होने के बाद ही एक सादे समारोह में हमारा विवाह संपन्न हुआ। मेरी तरफ से कुछ दोस्त और रिश्तेदार शामिल हुए थे। नन्दिता के माता पिता खुश थे कि उनकी लड़की को मनपसंद का लड़का मिल गया था। बस इतनी सी बात है। जब से उसे सच्चाई ज्ञात हुई तब से वह यह सब गाती है क्योंकि उसे लगता है कि यह मेरी कमजोरी है। मेरी मात्र इतनी गलती है कि मैं नन्दिता से प्रेम करने लगा था। वैसे भी प्यार और युद्ध में जायज माना जाता है। यदि मैंने अपने प्यार को पाने के लिए थोड़ा झूठ कह दिया तो

क्या गलत हो गया। इतना तो शादी विवाह में चलता है। आप जानते हैं कि वर और कन्या पक्ष अपने अपने गुणों का बखान करते हैं।

इतनी बातें सुनकर मैंने कहा, " नन्दिता तुम्हारा प्रेम है। बच्चे है। अपने प्रेम को बनाए रखना। उसमें दरार मत आने देना"।

बातचीत करते करते हम घर पहुंच गए। दो दिन बाद मैंने नन्दिता को आशुतोष की पूरी बात बताई और कहा कि तुम उसका प्रेम हो। जो बीत गया वह वापस नहीं आता। अपने और बच्चों का भविष्य सवांरो। मैं अगले दो सालों तक उनका पड़ोसी बना रहा फिर मेरा स्थानांतरण अन्य स्थान पर हो गया। आशुतोष या नन्दिता ने मेरी बात पर गौर किया या नहीं, यह तो मैं नहीं जानता मगर इतना अवश्य कह सकता हूं कि पिछले दो वर्षो से उनके झगड़े की आवाजें हमारे कानों तक नहीं पहुंची।

28

व्यर्थ

रमेश का फोन आया कि वह थोड़ी देर में मिलने आ रहा है। विदेश से आ रहा है। मैंने पत्नी से कहा, " सुन रही हो। रमेश आ रहा है"।

सुनयना, मेरी पत्नी, ने पूछा, "अकेला आ रहा है या बच्चों के साथ।"

मैंने कहा, " यह तो उसने नहीं बताया और न ही मैंने पूछा।"

अभी हम बात कर ही रहे थे कि कॉलबेल बजी। मैंने दरवाजा खोला और बोला, " आओ रमेश। कई वर्षो के बाद आए हो। अकेले ही आए हो?"

"नहीं भाई साहब। ढेर सारे लोगों से मिलना है। राखी और बच्चे कहीं अन्य जगह गए हुए हैं। बस एक कप चाय भाभी जी के हाथ की चाहिए। मुझे भी चलना होगा। कई जगह मिलने जाना है।"

मैंने कहा, " यहीं रुक जाओ।"

"फिर कभी।" रमेश ने कहा।

रमेश अपने मोबाइल फोन पर लग गया। पता नहीं क्या क्या करने लगा? मैं चुपचाप बैठा रहा। इतने में उसने किसी को फोन लगा दिया और फिर उससे बातें करने लगा। पता नहीं कितनी देर तक बातें करता रहा। इतने में पत्नी चाय लेकर आई और बोली, " राखी और बच्चे कैसे हैं? उन्हें भी ले आते तो मुलाकात हो जाती।"

"ठीक ही है।" रमेश बोला।

मगर उसका ध्यान फोन पर ही लगा रहा। मुझे लगा कि सुनयना अपने आप को असहज महसूस कर रही है।

मैंने कहा, "चाय पिलो। हम भी चलते हैं बच्चों से मिलने।"

रमेश चाय पीता रहा और फोन पर ही बिजी रहा था ।

वह बोला, " यहीं पास में ही है। राखी बच्चों के साथ अपनी चचेरी बहन के यहां हैं।"

मैंने गाड़ी निकाली और हम लोग चल पड़े। घर बहुत दूर नहीं था। वहां सुनयना ने राखी से कहा, " कैसी हो? घर पर आ जाती। वहीं रुक जाते"।

" अरे भाभी ! यहां आकर फुरसत ही नहीं मिलती। कभी यहां तो कभी कहीं मिलने जाना। कभी कुछ काम आ जाता है। जब से आयी हूं किसी से ठीक से मिल भी नहीं पायी हूं। बड़ा झंझटी काम है मिलना जुलना। अगली बार आऊंगी तो किसी को नहीं बताऊंगी।"

राखी बातें करती रही और साथ में फोन से खेलती भी रही। दोनों बच्चे भी मोबाइल में ही व्यस्त थे। बातचीत होना तो दूर की बात, एक दूसरे की ओर देख भी नहीं रहे थे।

बड़ा अजीब सा माहौल बन गया। न कोई झगड़ा मगर बातचीत एकदम बन्द। मुझे लगा कि मैं बेकार ही आ गया। इतने में राखी की चचेरी बहन पानी लेकर आ गयी और बोली, "पानी लिजिय । मैं अभी आती हूं।"

खैर हमने पानी लिया मीनू का पति अभी तक नहीं पहुंचा था। इतने में राखी ने मीनू से कहा, " मीनू। अब चल रहे हैं। अभी कई जगह उपस्थिति देनी है। बहुत ही बवाल हैं। लगता है बेकार ही आ गये। यहां आओ तो चैन से रहना मुश्किल हो जाता है। यहां की लाइफ भी बड़ी अजीब सी है।"

सुनयना ने हुए कहा, "अब आराम से आना। कई दिनों के लिए आना।"

राखी, " यहां तो हर कोई शिकायत का पुलिंदा लेकर बैठ जाता है। मेरे यहां नहीं आए। मेरे बेटे की शादी में नहीं आए। इतना खर्च करके आना क्या बार बार संभव है? समझते ही नहीं है लोग। व्यर्थ की बातें करते हैं। हर जगह और हर घर में एक ही बातें। मैं तो यहां आकर बोर हो गयी हूं।"

"अच्छा चलते हैं।" रमेश ने कहा। उसने मुझसे हाथ मिलाया मगर उसका ध्यान मोबाइल पर ही था। मुझे लगा कि रमेश बेकार ही मेरे यहां आया। मात्र औपचारिकता पूरी करने। मैं और सुनयना राखी और बच्चों से मिलने व्यर्थ में ही आयें । किसी के भी पास समय नहीं था। जाते-जाते मैंने पूछ ही लिया, " रमेश कहां रुके हुए हो?"

रमेश, " होटल में रुके हुए हैं।"

इतने में राखी बोली, "हमारे बच्चे यहां के वातावरण में एडजस्ट नहीं कर पाते हैं। किसी के घर रुकने में परेशानी होती है। ढेर सारी औपचारिकताएं पूरी करने में ही रह जाते हैं। इसको प्रणाम करो। इनके पैर छुए। बच्चों को इन सब की आदत तो है नहीं। वहां तो गुड मार्निग कह दो। हो गया। ये सब यहां की संस्कृति से अनजान है। अब तो वहीं के होकर रह गए हैं। सब कुछ औपचारिकताओं तक सीमित हो गया है।"

रमेश ने कहा, " अब चलें। बहुत बातें हो गयी। अब दूसरे गंतव्य की ओर चला जाए नहीं तो लोग बवाल कर देंगे कि फलाने के यहां तो गए मगर हमारे यहां नहीं आए। बहुत बड़ा समझता है अपने आप को।"

वे चले गये तो मुझे कुछ अजीब सा लगा। कितने बदल जाते है लोग। व्यर्थ में ही हमने अपना समय बर्बाद किया। व्यर्थ में ही रमेश आया और हम इनको यहां तक छोड़ने आये। क्या यह आधुनिक संचार साधनों का प्रभाव है या फिर संस्कृति परिवर्तन का।

29

रोजगार

विशाल को अभी अभी अपने पिता की मृत्यु की खबर मिली। अभी अमेरिका से हिंदुस्तान पहुंचना उसके लिए आसान नहीं था। विदेश में रहकर वह बहुत मनी माइंडेड हो गया था। उसे लगा कि बेकार में बहुत ज्यादा पैसा खर्च हो जाएगा। कुछ तो करना ही पड़ेगा।

पिता इंडिया में थे। विशाल ने अपने दूर के रिश्तेदार मनोज को पिता की देखरेख का जिम्मा सौंपा था। प्रतिमाह वह मनोज के अकाउंट में पैसे भेज देता। इससे उसे इंडिया आने की जरूरत नहीं होती थी। अचानक उसके दिमाग में एक आइडिया आया। उसने मनोज को फोन लगाया और बोला, " मनोज! ऐसा है कि मैं इस समय नहीं आ सकता हूं। तुम पिताजी का सारा क्रिया कर्म कर दो। जो खर्च आएगा मैं तुम्हारे अकाउंट में भेज दूंगा। फिलहाल कुछ रुपए एडवांस भेज रहा हूं। सब संभाल लेना। किसी को मत बुलाना। दो चार मित्रों के साथ सब कर लेना।"

कुछ दिनों के बाद मनोज का फोन आया कार्य पूरा कर दिया है। आप बेफ्रिक रहें ।आपसे अनुरोध है कि यदि कोई इस तरह के काम करवाना चाहे तो मैं कर दूंगा। मुझे भी रोजगार मिल जाएगा और खर्चा पानी चल जाएगा। हां! एक बात और है कि मैं आपके मकान की देखभाल भी कर दूंगा। कुछ पैसे भेजते रहिएगा। प्रणाम।"।

करीब दस बरसों के बाद विशाल इंडिया अपने घर आया तो उसने पाया कि घर में बोर्ड लगा है।

“ धार्मिक कार्यों और संस्कारों के लिए सम्पर्क करें।” वाह! मनोज कहां से कहां तक दिमाग लगाया। मुझसे भी ज्यादा। तेरे आइडिया पर मैंने वहां विज्ञापन निकाला कि ऐसे कामों के लिए मुझसे संपर्क करें । मैं तुझे काम दिलाने का कमीशन लेता रहा और वो भी बिना बताए।

30

वो अनजान लड़की

रेनु आज पांच वर्षों के पश्चात् अपने भाई सागर के यहां आयी हुयी है। रेनु के बच्चे भी उसके साथ है। सागर ने रात्रि भोजन के समय रेनु से कहा कि वह उसे एक ऐसी बात बताऊंगा जिसका सम्बन्ध तुझसे है मगर तुम उस बात से आज तक अनजान हो। रेनु ने आतुरता दिखाते हुए कहा, " बताओ भैया! मुझे बात जानने की बड़ी उत्सुकता हो रही है।"

सागर की पत्नी सुमति ने कहा, "आपने कभी मुझे भी नहीं बताई बात। कौन सी बात है जो रेनु से सम्बन्धित है।"

सागर ने कहा यह बड़ी रहस्यमय बात है। बात वर्षों पुरानी है जब रेनु नौवीं कक्षा में पढ़ती थी। पापा का तबादला गांव में हो गया था। अब सवाल उठा कि रेनु को किस जगह पढ़ने भेजा जाए। उस समय मैं भी दिल्ली से कम्प्यूटर विज्ञान में इंजीनियरिंग की पढ़ाई कर रहा था। मां ने बात अपनी बहन रीता से कही जो लखनऊ में रहती थी। रीता मौसी ने तत्काल कहा, "चिंता मत करो। रेनु मेरे साथ रहकर लखनऊ में पढ़ लेगी।"

यह बात आयी गयी हो गयी। पापा रेनु को छात्रावास भेजने के पक्ष में थे जबकि मां अपने साथ या किसी रिश्तेदार के साथ रखने के पक्ष में थी। घर में इसी को लेकर चर्चा होती और अंत में यह तय हुआ कि रेनु को छात्रावास भेज दिया जाए। किसी के साथ रखने में कई तरह की बातें होती हैं। शायद रेनु को भी एडजस्ट करने में समस्या होगी।

खैर रेनु छात्रावास चली गयी। इस बात के तीन साल बाद संध्या मौसी की बेटी का चयन लखनऊ के किसी कालेज में हो गया। संध्या ने रीता मौसी को फोन करके बताया कि मानसी का चयन लखनऊ में हो गया है। मैं चाहती हूं कि आप मानसी को आपके साथ रख दूं। आपके साथ रहकर वह पढ़ लेगी लेकिन रीता ने फोन पर ही कह दिया कि यह संभव नहीं है। इस घर में वैसे भी कई लोग रहते हैं। आशु भी बारहवीं कक्षा में है। किसी के साथ रहने पर वह डिस्टर्ब फील करता है। वैसे भी मेरे पास बहुत से काम रहते है। मैं मानसी की जिम्मेदारी नहीं ले सकती। संध्या ने गुस्से में ही उत्तर दिया, " एकदम मतलबी हो। जब तुम्हारा मतलब था तो तुमने मुझसे और मेरे पति सुधांशु से अपने कई काम करवाते। आज तुम्हारे बच्चे बड़े हो गए हैं तो तुम हमें नकार रही हो।"

रीता ने जवाब दिया, " बेकार की बात तुम कर रही हो। अगर तुमने हमारे काम किए तो क्या हमने तुम्हारे काम नहीं किये। याद करो कि तुम्हारे बच्चों का जन्म मेरे यहीं हुआ था। सब भूल गयी।"

संध्या का गुस्सा और बढ़ गया और बोली, " हां! मुझे मालूम है कि तू ममता की बेटी रेनू को साथ रखने के लिए तैयार थी। वो तो तेरी सगी है और मैं सौतेली हूं। तुम बहनों के बीच पक्षपात करती हो।" यह कहकर संध्या ने फोन रख दिया।

सागर ने बात जारी रखते हुए कहा कि यह बात सारे रिश्तेदारों में फैल गयी कि रीता ने संध्या की लड़की को अपने साथ रखने से मना कर दिया। कोई रिश्तेदार संध्या के दृष्टिकोण को सही बताता तो कोई रीता की बात को उचित ठहराते। अफवाह तो यहां तक फैली कि दोनों परिवारों के बीच बातचीत बंद हो गयी है। कई दिनों तक यह चर्चा का विषय बना रहा। संध्या का पति सुधांशु तो बहुत नाराज़ हो गया था। उसने तो रीता के घर न जाने की कसम ले ली थी। मां ने दोनों बहनों को समझाया तब जाकर उनके बीच औपचारिक सम्बन्ध बनें। खैर एक बार मन में गांठ बन जाती है तो उसे खोलना बड़ा मुश्किल हो जाता है।

इतना अवश्य हुआ कि संध्या मौसी ने मानसी को छात्रावास में रखा। लखनऊ गयी लेकिन रीता से नहीं मिली। चार वर्षों के कोर्स के दौरान एक बार भी मानसी अपनी मौसी के यहां नहीं गयी और न ही रीता मौसी ने

मानसी की कोई खबर ली। इन सब बातों का प्रभाव हमारे परिवार पर भी पड़ा। रीता, संध्या और मां के बीच जो बातें खूब होती थी,वे बेहद कम हो गयी थी।कई बार रेनु और मानसी की तुलना की जाती। रेनू मानसी की तुलना में अच्छी और होशियार है,यह बात रिश्तेदारों के मध्य होती। एक विवाह समारोह में तो यह बात चर्चा का विषय बन गयी थी। मानसी भी रेनु से चिढ़ गयी थी। विवाह समारोह के दौरान जब रेनु मानसी से मिलने के लिए गई तो मानसी ने उसे जरा भी लिफ्ट नहीं दी। रेनू यह सब समझ नहीं पाई और उसे ये बातें पता भी नहीं थी क्योंकि वह हांस्टल में रहती थी और कभी कभी घर आती थी। किसी ने उससे इस प्रकरण पर चर्चा भी नहीं की।

सागर ने इन बातों के क्रम को आगे बढ़ाते हुए कहा कि मुझे लगता है कि तू ही अनजाने में इनके बीच विवाद का कारण बन गयी थी। मात्र इसलिए कि रीता मौसी ने तुझे रखने की बात स्वंय की थी और मानसी के लिए मना किया था। मानसी और तुम मौसेरी बहिनें हो। संध्या और सुधांशु को लगता कि रीता ने उनकी बेटी को न रखकर यह बताने की कोशिश की कि मानसी का स्वभाव ठीक नहीं है। वे रीता मौसी के रवैयै से नाराज थे।

इन सब में जो पूर्णतया अनजान थी,वह तुम थी।

रेनू ने कहा, “मैं कहां से आ गयी इन सब में। मैं न रीता मौसी के साथ रही और न संध्या मौसी के साथ। मैं तो अपने मां और पिता के साथ रही। अच्छा ही हुआ कि मैं किसी के साथ नहीं रही।

31

सोच

बाबूजी बीमार चल रहे थे। बार बार अस्पताल ले जाना पड़ता था। कुछ दिन अस्पताल में रहते फिर थोड़े ठीक हो जाते तो घर ले आते। कुछ दिनों से यही क्रम बना हुआ था।। चूंकि बाबूजी ज्यादा ही सामाजिक थे इसलिए लोग हाल चाल जानने के लिए आते रहते थे। कई लोग तो बार बार आते रहते थे। जो भी आता अपनी सलाह दे जाता। कई लोग तो इलाज के नुस्खे भी बताते थे। यही नहीं कुछ तो डांक्टर और अस्पतालों के नाम और सुझाव भी दे डालते। कहते कि फला फला को दिखा दो , बहुत बढ़िया इलाज करते हैं। जब सबने जवाब दे दिया तो इन्होंनें बिल्कुल ठीक कर दिया था।

हम परिजनों को रोज़ यही सब सुनना पड़ता था। बड़ी कोफ्त होने लग जाती थी। कभी कभी तो मन करता कि इलाज करवा तो रहे हैं लेकिन मन मारकर चुप रहना पड़ता। एक दिन जब मामाजी आए हुए थे तो मैंने कहा कि जो भी आता है बिना पूछे सलाह दे देता है। सब अपने को बहुत बड़ा डाक्टर और विद्वान समझते हैं मानो कि हम कुछ जानते ही नहीं हैं।

मामाजी धीरे से बोले , “ ये सब जितने लोग बाबूजी से मिलने आ रहे हैं सब बाबूजी के शुभचिंतक है। ये सब बाबूजी को और हमें अच्छा मानते हैं। सम्मान करते हैं तभी तो आते हैं। ये सब अपना अपना ज्ञान या सलाह इसलिए देते हैं कि ये मन से चाहते हैं कि बाबूजी जल्दी से

जल्दी अच्छे हो जाएं। इसके पीछे बस यही एक मात्र भावना है। इसको अन्य तरीके से न लेकर सकारात्मक दृष्टि से सोच कर देखो वर्ना किस को किसकी पड़ी है।”

32

सीख

विजया के पड़ोस में रहने वाली मधु अक्सर समय बिताने के लिए विजया से मिलने उसके घर आ जाती है। आते ही मधु ने पूछा, " क्या बात है! बड़ी खुश नजर आ रही हो। अरे! अंकल आंटी नजर नहीं आ रहे हैं।"

विजया, "आज जरा चैन से हूं। दोनों बुड्ढे बुढ़िया धार्मिक यात्रा पर गए हुए हैं तभी तो घर में शांति है। मैं तो इन की कडकड और बडबड से तंग आ चुकी हूं। हर समय टोकाटाकी करते रहते हैं। मेरी तो जान ले रखी है इन दोनों ने। जो भी आता है या मिलता है उससे मेरी बुराई करने लगते हैं। मेरे हर काम में कमियों को ढूढ़ते रहते हैं।"

मधु ने कहा, "भाभी! तुम सुन ही क्यों रही हो। मेरी मानो तो उल्टा इन को तंग करना शुरू कर दो। जो यह कहे उसका उल्टा किया करो। ज्यादा बोले या बडबड करें तो सुधीर से कहो कि इन को वृद्धाश्रम छोड़ आए। कह दो मेरे वश में नहीं है इन को रखना।"

विजया, "यह कहां मानेगें। ऐसा कहीं अच्छा लगता है।"

मधु , "तो फिर झेलती रहना। सुधीर को अपने वश में करो। मेनका बनकर रहो तभी तो बात बनेगी। मेरे सास-ससुर ऐसै होंगे तो मैं तो उन को धक्का मार के घर के बाहर कर दूंगी। मैं अपनी जवानी ऐसे बुड्ढों के पीछे बर्बाद नहीं कर सकती। मेरी मानो तो उन्हें इतना परेशान करो कि खुद ही घर छोड़कर भाग जाएं। यदि न भागे तो और तंग करो ताकि

जल्दी से जल्दी ऊपर का रास्ता नजर आने लगे। तरीके तो और भी है मगर तुम्हारे वश के नहीं है । भाभी डरपोक हो। समझ आयी मेरी बात।इशारे काफी है।"

विजया, "छोड़ ये बातें। आज तो चैन से रहने दो।"

थोड़ी देर बाद मधु चली गयी। बातें आयी गयी हो गयी। करीब एक साल बाद विजया का भाई राजेश जो कभी कभी अपनी बहन का हाल जानने आते रहता था, विजया से कहने लगा, " दीदी! मैं मधु से विवाह करने वाला हूं। हम दोनों को एक-दूसरे से प्यार हो गया है। मां बाबूजी को भी बता दिया है और वे तैयार हैं। तुम्हें ही सब कुछ संभालना है। तुम्हारी ही तो पड़ोसी है और तुमसे बनती भी खूब है।"

विजया , "राजेश! सुन मेरी बात। यह लड़की----

राजेश टोकते हुए बोला , " मैं जानता हूं कि तुम क्या कहना चाह रही हो। बहुत अच्छी है मधु। चलो मुझ को आशीर्वाद दो और विवाह की तैयारियों में जुट जाओ। ऐसी अच्छी जानी पहचानी लड़की किसी को भाग्य से ही मिलती है। यह सब आपके ही कारण हुआ है क्योंकि आपकी ससुराल इस के पड़ोस में है।"

इतना कह कर राजेश ज़ोर से हंसने लगा।

विजया कुछ कहने की स्थिति में नहीं थी। वह कुछ नहीं कर सकती थी। राजेश से कैसे कहें कि यह लड़की विवाह के लिए ठीक नहीं है। वह तो प्रेम में अंधा हो गया है। यह लड़की बहुत ख़तरनाक है। मैं इसके विचार जानती हूं। यह घर को बर्बाद कर देगी। क्या होगा मां बाबूजी का।

विजया सोच में पड़ गई।

33

स्वार्थ

सवेरे सवेरे ही छाया ने घर में शोर मचा दिया कि आकाश की तबियत खराब हो गई है। वे बिस्तर से उठ नहीं पा रहे है। आकाश के कमरे में घर के सारे लोग एकत्रित हो गए। संयुक्त परिवार था। बड़ी भाभी जी निर्मला ने पूछा, "क्या बात है छाया।"

"ये उठ नहीं पा रहे है। कुछ बोल नहीं पा रहे है। आप देखिए ना।"

आकाश के दोनों भाईयो ने उसे देखा, बात करने की कोशिश की। हिलाया और ढुलाया मगर कोई असर नहीं हुआ। आकाश बिस्तर पर निढाल पड़ा हुआ था। इतने में संजीव, आकाश का छोटा भाई पड़ोस के डांक्टर को बुला लाया। डांक्टर ने मुआयना करने के बाद कुछ गोलियां दे दी और कहा कि अगर दिन तक ठीक नहीं हुए तो अस्पताल लेकर जाइएगा।

आकाश ठीक नहीं हुआ। तीन दिन बीत गए। अस्पताल भी ले गए। मगर उसकी हालत ज्यों की त्यों बनी रही। समय बीतता चला गया। एक माह बीत दिया। हालत वही थी। आकाश एक आफिस में काम करता था।अभी दो वर्ष पूर्व ही उस का विवाह हुआ था। एक छोटी बच्ची थी। परिवार में दो भाई और उनका परिवार था। बड़े भाई विमल नौकरी करते थे। विमल के बच्चे राजू और संगीता कालेज में पढ़ते थे। छोटे भाई के दोनों बेटे मलय और सुभाष स्कूल जाते थे।

आकाश का आफिस जाना बंद हो गया था। आयुर्वेद , होम्योपैथ और न जाने कितने डांक्टरो एवं वैद्यों को दिखाया। जिसने जो कहा वह किया। पूरे छः महिनें इसी तरह बीत गए। धीरे-धीरे घरवालों में निराशा व्याप्त होने लगी थी कि शायद अब आकाश कभी ठीक हो पाएगा। छाया एकदम उदास रहने लगी थी। समय बीतता जाता रहता है। घर और नौकरी दोनों की परेशानियों में वृद्धि होने लगी थी। एक दिन अचानक दूर के रिश्तेदार किशन जी आकाश का हाल चाल जानने के लिए आए थे। काफी देर बातचीत के बाद किशन जी ने कहा, " यह मामला जादू टोने का लगता है। लगता है किसी ने आकाश पर जादू कर दिया है या इसे कुछ खाने में दिया गया है। इसकी परख जादूटोना विशेषज्ञ ही कर सकता है।

किशन जी की बात पर अमल किया गया। जादू टोना विशेषज्ञ को बुलाया गया। उसने आकाश को देखा और बोला इस के साथ कुछ किया गया है। बहुत भयानक रूप से। मैं कल आऊंगा। जादू टोना वाला चला गया तो लोग बात करने लगे कि इसका प्रयोग किया जाए कि नहीं।

किशन जी ने कहा, " जहां इतना इलाज हेतु चुका है वहां इसे भी आज़मा लिजिए। फर्क पड़ गया तो ठीक नहीं तो वैसे भी आप लोग क्या कर रहे हैं।"

अगले दिन जादू टोना वाला आया। आकाश के बिस्तर के चारों ओर घूम कर अनेक मंत्रों के जाप किया। क्या मंत्र थे, कोई समझ नहीं पाया। फिर उसने एक पुड़िया में से कुछ निकाल कर आकाश के मुंह में डाल दी और बोला " दो घंटे इंतजार करो।ठीक हो जाएगा।

दो घंटे के इंतज़ार के बाद आकाश हिलनेलगा। इधर उधर देखने लगा। अचानक उसने बड़े जोरों से उल्टियां करना शुरू कर दिया। कुछ देर बाद वो ठीक हो गया। बोलने भी लगा। बीमारी के समय की उसकी याददाश्त से गायब हो गयी थी। सबको बहुत आश्चर्य हुआ। जादू टोना वाला बोला, " यह किसी की करतूत थी। किसी ने कुछ खाने को दिया था जिससे बीमार हो गया। खैर अब ठीक हो गया है। चिंता की कोई बात नहीं है।"

सब आश्चर्य में पड़ गये थे। इस परिवार के लिए यह एकदम नया अनुभव था।जादू टोना, झाड़ फूंक यह सब सुने तो थे मगर प्रयोग में पहली बार देखा। कुछ दिनों बाद छाया ने कहा, "अब हम यहां नहीं रह सकते। हमें बहुत डर लगता है। पता नहीं कौन कब फिर से कर दे। कहीं बच्ची या मुझ पर कोई जादू न कर दे। मुझे रातों नींद नहीं आती है। यहां रहे तो हम में से कोई मर जाएगा। कृपया आकाश का ट्रांसफर कहीं दूर करवा दीजिए ताकि हम लोग शांति से रह सकें।"

विमल को बात ठीक लगी। प्रयास करने पर आकाश का ट्रांसफर भी हो गया। छाया, आकाश और नेहा चले गए। यह मात्र संयोग ही था कि छाया के भाई और भाभी भी उसी शहर में रहते थे जिस शहर में आकाश का ट्रांसफर हुआ था। धीरे-धीरे छाया और आकाश के मन से डर कम होने लगा था। दोनों का जीवन सामान्य हो गया था।

एक दिन छाया ने अपनी भाभी मधु से कहा, " एक बात है। कैसे कहूं। गुप्त रखिएगा। अब ये बेकार हो गए हो न गये है। मतलब आप समझ चुकी होगी। बहुत इलाज करवाया मगर कोई लाभ नहीं हो रहा है। मैं कैसे गुजारूं इतनी बड़ी लम्बी जवानी और जिन्दगी। शादी का मतलब मेरे लिए समाप्त हो गया है। मेरी स्थिति विधवाओं और तलाकशुदाओं जैसी हो गयी है।'

इतना कह कर छाया रोने लगी।

मधु बोली, ' छाया! रो मत। ज़िन्दगी सुख दुःख की कहानी होती है। मैं सोचती हूं कुछ तेरे लिए। अभी तू घर जा। अपने को संभाल।"

छाया के जाने के बाद मधु ने सोचा कि कैसे छाया के जीवन को ठीक किया जाए। आकाश काम का नहीं है। ऐसा उसकी पत्नी कह रही है। सही कह रही होगी। पति-पत्नी के रिश्ते, उनके मध्य दूरी और समीपता केवल वे दोनों ही जानते हैं। कुछ दिनों के बाद मधु छाया के घर गयी। काफी बातचीत के बाद मधु ने कहा, " छाया! किसी अन्य के साथ सम्बन्ध बनाना गलत हो जाएगा। मगर तुम्हें जरूरत है जैसी मेरी है। मैं तुम्हारे हालत समझती हूं। मेरा भाई है। मैं उससे कह दूंगी। कभी कभी तुम्हारे पास आ जाया करेगा लेकिन सब तुम पर छोड़ रही हूं। पूरा रिस्क तुम्हारा है। कैसे करना है तुम जानो।"

" भाभी! जीवन की आवश्यकता है सेक्स। कह दीजिए अपने भाई से। मैं संभाल लूंगी। जानती हूं कि सब गलत और नैतिक नहीं है मगर विवशता है मेरी। मैं जी नहीं पा रही हूं। मैं आकाश को धोखा देना नहीं चाहती हूं मगर करूं क्या। आप किसी से कहिएगा मत।"

समय गुजरता गया। मेरे और भाभी के भाई राकेश के मध्य संबंध का रिश्ता बन गया। मुझे हमेशा ग्लानि महसूस होती मगर अपनी वासना और भावना को रोक नहीं पायी। आकाश की गैर मौजूदगी में ही हम मिलते। मुश्किल से महिने में एक दो बार। समाज का भय भी था। राकेश मेरे यहां हमेशा अपनी बहन के साथ ही आता था ताकि लोगों को किसी प्रकार के संदेह की गुंजाइश ही न रहे। ज़िंदगी भी अजीब सी पहेली है। समझना नामुमकिन है। कब कौन सा दौर आएगा, कैसी चलेगी ज़िंदगी, कोई नहीं जानता। मेरी ज़िंदगी भी ऐसी ही हो गयी थी।

मेरे ससुराल में हम लोगों के आने के बाद पता नहीं कहां से बीमारी आ गयी। मेरे जेठ के बच्चे डिप्रेशन के शिकार हो गए। पढ़ाई तक छूट गयी। जेठ और जेठानी भी बीमार रहने लग गये थे। जेठ जी जादू टोना वालों पर विश्वास हो गया था। उन्होंने ने भी जादू टोना वाले को बुलाया तो उसने कहा कि तुम्हारे घर की ही किसी महिला ने जादू किया है। इतना और कह दिया कि उस महिला की शक्ल मुझ से मिलती जुलती है।उस का इतना कहना था कि सबको मुझ पर शक हो गया। शक का कोई इलाज नहीं है। यह बात रिश्तेदारों में फैल गयी। मुझे जादूगरनी घोषित कर दिया गया। साथ ही यह भी आरोप लगाया कि छाया को अपने पति पर किए जादू टोना का शक ससुरालियों पर है इसलिए उसने यह सब हम पर कर दिया।

मैंने लाख समझाने की कोशिश की कि इन सब में मेरा कोई हाथ नहीं है। मैं तो खुद ही इन सब का शिकार रही हूं।। अगर मैं यह सब जानती तो आकाश को ठीक नहीं कर लेती। आकाश आज भी मेरा कानूनी पति है। मैंने उसे छोड़ा नहीं है। बस थोड़ा सा धोखा दिया। वह भी तब जब वह बेकार हो गया। अगर वह काम का होता तो शायद मैं गलत कार्य नहीं करती। मेरा काम सही था या गलत, कहना बहुत कठिन है। कुछ की निगाह में सही हो सकता है और किसी की निगाह में गलत।

आरोप तो आरोप है। मन की बातें हैं। मेरे जेठ और जेठानी ने सोच लिया कि मैं ही उनके सारे दुःखों और विपत्तियों की जननी हूं। क्या किया जा सकता है। किसी की सोच को बदलना बहुत मुश्किल है। नतीजा यह हुआ कि हमारे सम्बन्ध एकदम खत्म हो गये। यहां तक कि बच्चों के विवाह में भी हम एक दूसरे के यहां नहीं आते।

इन सब बातों को चालीस वर्षों का समय व्यतीत हो चुका है। मेरी बेटी सीमा के बच्चे बहुत बड़े हो गए हैं। राकेश अपने परिवार में मस्त हैं। सब बूढ़े हो गए हैं। आकाश कब के रिटायर हो चुके है। वे भी तो मात्र मेरे और सीमा के निर्वाह का साधन बन गये थे। आकाश साधन थे और मैं और सीमा साध्य।

सच बहुत कड़ुवा होता है। कैसे कहूं। मैंने ही गलत काम किये। मैं ससुराल में रहना नहीं चाहती थी। संयुक्त परिवार से मुझे चिढ़ थी। मैं आकाश के साथ अलग रहना चाहती थी। मैंने ही रात में दूध में मिलाकर कुछ दिया था। मैं यह नहीं जानती थी कि इसका असर इतना गहरा होगा कि मेरी जिंदगी खराब कर देगा। आज मैं बता रही हूं कि मैं ही हर बात की जिम्मेदार थी। फल भी मैंने ही भोगा। जबरदस्त भय की जिंदगी। केवल अपने स्वार्थ की ज़िंदगी। क्या खोया या क्या पाया। सोचती हूं तो अश्रुधारा निकल पड़ती है।

34

शेरनी

मधु की सास का बस एक ही काम था दिन भर उसको निर्देश देना। सुबह से शाम तक उसे काम में व्यस्त रखती थी। ज़रा भी उसे अपने लिए समय नहीं निकालने देती थी। हर समय टोकाटाकी और डांठ डपट।

मधु सोचती कि सासू मां अपने को बड़ी शेरनी समझती है। समझने दो। अभी शरीर में थोड़ी बहुत ताकत जो बची है। कुछ वर्षों बाद जब बूढ़ी हो जाएगी और शरीर में शक्ति कम हो जाएगी, तब देखूगीं। मेमनी बनकर मेरे आगे गिड़गिड़ाएगी। 'बहू! ज़रा पानी तो देदे।' जैसी बातें करेंगी। तब देखूंगी इनको।

मधु की सास श्यामा सोचती कि कुछ समय बाद बहू की चाकरी करनी है। अभी से क्यों करूं। अभी तो शेरनी बन के रहना है।।

समय बीतता गया। श्यामा कमजोर होती गयी। अपने कामों के लिए बहू पर निर्भर हो गयी थी। अब जब भी बहू से कुछ कहती तो वह अनसुना कर देती या फिर अपने मन की करती।

श्यामा के लिए बहू को बर्दास्त करना भारी पड़ रहा था। एक दिन बोली, "मधु! शेरनी बनने की कोशिश मत कर। शेरनी मैं हूं। अगर तू मेरी बात नहीं मानेगी तो मैं सबसे कह दूंगी कि बहू मुझे बहुत प्रताड़ित करती है। बदनामी तेरी होगी। तेरे मायके वालों की होगी। समझ ले तू। फिर न कहना कि मैंने सचेत नहीं किया।"

" सासू मां! तुमने शेरनी का रोल बहुत कर लिया है। मैं चुपचाप सहन करती रही। जानती थी कि एक दिन शेरनी अवश्य बनूगी। अब तुम बकबक करती रहो। जो कहना है कहती रहो। ज्यादा बात फैलाने की कोशिश करोगी तो मैं कह दूंगी कि बुढ़िया दिन भर बड़बड़ाती रहती है। इस का दिमाग फिर गया है। बुढिया पागल हो गयी है। वो तो मैं बहू हूं जो इन की देखभाल कर रही हूं।" मधु ने जवाब दिया।

" अरे! मधु ऐसे दिन तेरे भी आऐगें।" श्यामा बोली।

" लेकिन सासु मां! मैं शेरनी बन कर नहीं रहूंगी। मां बनकर रहूंगी।"

35

समय

रघुवीर प्रसाद जी समय व्यतीत करने के लिए अक्सर अपने मित्र राधा रमण जी के यहां चले आते हैं। आज भी आए तो मित्र को उदास पाया। पूछा, "क्या बात है? बहुत बैचेन नजर आ रहे हैं?"

रघुवीर प्रसाद, "क्या बताएं? क्या सोचा था? रागिनी के विवाह की चिंता खाए जा रही है। चालीस की होने को है। पता नहीं किस घड़ी इसे इतने अच्छे पैकेज वाली नौकरी मिल गई। यह पैकेज सबसे बड़ी बाधा बन गयी है। अब इसे अपने से ज्यादा पैकेज वाला लड़का चाहिए। इतनी बार विज्ञापन दिए मगर कोई नहीं मिला। एक आद मिले भी तो कोई न कोई कमी नजर आती।"

राधा रमण, "बात तो गंभीर है। उम्र बढ़ने के साथ सही लड़का मिलना मुश्किल हो जाता है।"

रघुवीर प्रसाद, " यही तो चिंता का सबब है। अकेली है। हमारे बाद इस का क्या होगा? यह बात भी दिमाग में घूमती है। वैसे तो अब रागिनी भी ये बातें समझने लग गयी है। पहले तो कम पैकेज वाले से किसी भी कीमत पर विवाह के लिए तैयार नहीं थी। इसी में उम्र निकाल दी। अब एडजस्टमेंट को तैयार है। लड़की है कैसे कहें कि मेरा विवाह कर दो। आप ही कोई मार्ग सुझावों।"

राधा रमण, "एक बार समाचार पत्रों में विज्ञापन दे दिया जाए।

कोई शर्त नहीं रखी जाएं। जाति बंधन नहीं रखा जाए तभी कई लोग अपने प्रस्ताव भेजेंगे। इससे बिटिया की पसंद भी अधिक हो जाएगी। चलिए विज्ञापन बनाया जाए।"

दोनों रघुवीर प्रसाद और राधा रमण अखबारों में विज्ञापन तलाशने लगे ताकि सही बायो-डाटा बनाया जा सके। रघुवीर प्रसाद एक पुराना विज्ञापन ले आए जो पहले अखबारों में प्रकाशित हुआ था। रघुवीर प्रसाद ने कहा कि इसे भी देख लें। देखकर बनाने में आसानी रहेगी। विज्ञापन में लिखा था, " बहु राष्ट्रीय कम्पनी में कार्यरत पच्चीस वर्षीय कन्या हेतु वर चाहिए। लड़की का पैकेज बीस लाख वार्षिक। इससे कम पैकेज के प्रस्ताव न भेजें।"

राधा रमण जी ने सुझाव दिया कि सभी वर्गों के लोगों के लायक विज्ञापन बनाए । लड़की बड़ी हो गयी है तो तलाकशुदा, विधुर भी चल सकता है। लिखने में क्या हर्ज है? विचार तो हमें ही करना है। कम से कम पसन्दें बढ़ जाएगी। दो दिन बाद विज्ञापन निकला।

वर चाहिए वाले कालम में आया ," एमबीए लड़की हेतु वर चाहिए। उम्र चालीस साल। जाति बंधन नहीं। पैकेज पच्चीस लाख वार्षिक। तलाकशुदा, विधुर भी मान्य। कम पैकेज भी चलेगा। इच्छुक लोग दिये गये पते पर संपर्क कर सकते हैं।"

एक सप्ताह के बाद राधा रमण जी ने फोन पर पूछा, "कोई प्रस्ताव आए हैं?"

रघुवीर प्रसाद, "अधिकतर तलाकशुदा और विधुर हैं।"

"अच्छा। कल मिलते हैं। विचार किया जाएगा।"

36

जानी अनजानी काल

अचानक फोन की घंटी बजी। अनजान नंबर। थोड़ा सोचकर मैंने बात करने के लिए मोबाइल का बटन दबा दिया।

"हैलो।"

"हैलो । पहचाना मुझे?"

"नहीं"।

"आवाज़ पर ध्यान दो। कोशिश करो पहचानने की। शायद हम कभी मिले होंगे। याददाश्त पर जोर दो।"

"इतना सब कहने से बेहतर है कि अपना परिचय दे दो।" मैंने कहा।

"वो तो मैं देने से रही। हम तुम्हारे साथ कॉलेज में पढ़ते थे। हमारी कक्षाएं और विषय अलग अलग थे मगर हम एक-दूसरे को जानते थे।" दूसरी तरफ से आवाज़ आती।

"मुझे याद नहीं आ रहा है। लग रहा है कि शायद इतने वर्षों में तुम्हारी आवाज़ बदल गयी हो। पहचान नहीं पा रहा हूं। अब बता ही दो कि तुम कौन हो।"

"नहीं यह मैं तुम पर छोड़ती हूं कि तुम सोचो कि मैं कौन हूं। एक बात बताऊं तुम अक्सर लायब्रेरी जाया करते थे। वहीं बैठकर तुम पढ़ते थे। ठीक कह रही हूं ना। लायब्रेरी जाने के बहाने तुम मधु का पीछा किया करते थे। मधु के साथ उसकी दो सहेलियां भी हुआ करती थी। तुम कभी कुछ कह नहीं पाते। केवल पीछा ही करते रह गये।"

"ऐसा हो नहीं सकता। मैंने कभी किसी का पीछा नहीं किया और कभी किसी के प्रति मेरा कोई लगाव भी नहीं रहा था। मुझे तो केवल अपने से मतलब था। आप किसी गलतफहमी में हैं। शायद गलती से अपने मुझे फोन लगा दिया है। कृपया एक बार नंबर ठीक से देख लीजिए।" मैंने जोर देकर कहा।

"मैं ऐसी गलती नहीं कर सकती। आशुतोष हो ना। आजकल लखनऊ में हो। सरकारी अफ़सर हो इसलिए पहचान नहीं पा रहे हो।"

"इतना तो आप सही कह रही है। माना कि आप मुझे जानती हैं मगर मैं आपको याद नहीं कर पा रहा हूं।"

"कॉलेज के दिनों को याद कीजिए। जरूर याद आ जाएगा। सुधीर और राहुल आपके मित्र थे। हम तो आपके बारे में बहुत कुछ जानते हैं। पूरी रैकी की है। सारी जानकारियां प्राप्त करने के बाद ही फोन किया है।"

"कोशिश कर रहे हैं कि आपको पहचान पाते। यह भी हो सकता है कि कभी आपसे वार्ता ही न हुई हो। कहीं कुछ तो सुराग मिलता।"

"परेशान होने की कोई आवश्यकता नहीं है। हम कभी अवसर मिलने पर आपसे मिलने आएंगे तब पहचान लीजिएगा। आपकी पत्नी का नाम निरूपमा है। "

"बहुत खूब। बहुत खूब जानती हैं आप हमारे बारे में। कोई न कोई ऐसा हमारा और आपका कॉमन मित्र है जो हमारे बारे में आपको जानकारी देता रहता है। वैसे मैं इसे अपना सौभाग्य ही समझूंगा कि इतने वर्षों बाद भी कोई हमें याद करता है। हमारी चिंता करता है। बहुत बहुत आभार आपका।"

"हमें तो आपसे बहुत सारी बातें करनी है। क्या यह सच नहीं है कि रेनु से आपके विवाह की बात हुयी थी। शायद बात बन नहीं पाई। वह भी आपको याद करती है। क्यों याद करती है यह तो आप समझ ही गए होंगे।"

"मैंने अपनी विवाह सम्बंधी प्रक्रिया परिवार वालों पर छोड़ दी थी। किस किस से बात हुयी, मैं नहीं जानता। मुझे जिससे विवाह करने को कहा गया, मैंने कर लिया। मैंने आपको पहले भी बताया था कि मैं बहुत ज्यादा कैरियर कांन्सियस था। फालतू बातों पर कभी ध्यान नहीं दिया।

लक्ष्य पर ही मेरा ध्यान हमेशा रहा था। जो बातें आप कह रही हैं वो मात्र एक संयोग हो सकती हैं। कोई लड़कियां सड़क पर आगे चल रही हो और कोई पीछे हो तो इसका मतलब यह नहीं है कि वह उनका पीछा कर रहा हो। यह आपकी सोच हो सकती है।" मैंने बात को आगे बढ़ाते हुए कहा।

"आज आप कुछ भी कह सकते हैं। सच को नकार रहे हैं। मेरी बातें सच है। यह ज़रूर है कि आप ऐसी बातों में बहुत ज्यादा संलग्न नहीं थे मगर कुछ लोगों के प्रति आपका लगाव साफ नजर आता था।"

"कदापि नहीं। जो आप कह रही हैं इतना तो मैंने सोचा भी नहीं था। आप तो मेरे भूत और भविष्य का अच्छा विश्लेषण कर रही है।"

"काश। आप पहचान पाते तो इतनी सारी बातें नहीं हो पाती। गीता को तो आप जानते ही होंगे। वह भी आपसे विवाह करना चाहती थी। पता नहीं क्यूं? शायद आप सरकारी नौकरी में अच्छे ओहदे पर पहुंच गए थे। गीता आज भी सोचती है कि तुम्हारे घर वालों ने उसका प्रस्ताव क्यों ठुकराया?" अनजान महिला ने कहा।

"यह सब मैं पहले ही कह चुका हूं। मेरे सारे विवाह प्रकरण घरवालों ने तय किये थे। एक बात पूछूं कि आपने अपना प्रस्ताव क्यों नहीं भेजा? शायद बात बन जाती।"

"बहुत अच्छा मज़ाक कर लेते हैं आप। लगता है कि आप भी हमसे मज़ा ले रहे हैं। मेरा तो मामला ही अलग था। मैंने तो प्रेम विवाह किया था। मैंने आपको रिंग इसलिए किया कि कभी हम साथ साथ एक ही कॉलेज में थे।"

"और कुछ बताइए"।

"एक बात और। मानसी की दीदी आपके घर गयी थी, मानसी का प्रस्ताव लेकर। काश! आपने इन प्रकरणों पर ध्यान दिया होता तो शायद आज कहानी कुछ अलग होती।"

"ऐसा हो ही नहीं सकता। जीवन की सारी बातें पूर्व निर्धारित होती है। हम उन्हीं बातों के क्रम में काम करने लगते हैं।"

"अच्छा। कभी अवसर मिलेगा तो अवश्य मिलूंगी। शायद आप पहचान लेंगे।"

"धन्यवाद। पुरानी बातों को याद दिलाने के

लिए।"

मैंने बहुत कोशिश की कि उसके बारे में जान सकूं। मित्रों को फोन किया। रिश्तेदारों को टिक टिकाया मगर कोई सुराग नहीं मिला। गजब की बात है कि वह मेरे बारे में इतना कुछ जानती है और मैं पहचान नहीं पाया हूं। मैं कुछ नहीं जानता हूं उसके बारे में। है तो कोई नज़दीकी। मैंने दोबारा फोन किया तो बन्द मिला। कई दिनों के प्रयास का एक ही उत्तर फोन नंबर अस्तित्व में नहीं है। अब मैं इन्तज़ार है कि वह मुझसे मिलने आये तभी मेरी जिज्ञासा उस अनजान के बारे में शांत हो पाएगी।"

37

नया नज़रिया

मैं एक रेस्तरां में चाय का इंतजार कर रहा था। मैंने दरवाज़े की ओर नजर घुमायी तो ऐसा लगा कि रश्मि आ रही है। वह एक टेबल पर बैठ गयी। है तो रश्मि ही। शायद उसने मेरी ओर देखा न हो या उसका ध्यान मेरी तरफ न हो। हो सकता है कि मुझे इग्नोर कर रही हो। मैंने सोचा कि ऐसी सोचने से क्या फायदा। सीधे मिलकर आता हूं। मैं उसकी टेबल के पास चला गया। वह मुझे देखते ही बोली, "हाय ! मनीष कैसे हो।"

मनीष, "ठीक हूं। चाय के लिए कहा है। तुम्हें देखा तो सोचा कि साथ साथ चाय पी लें। पूरे पांच वर्षों के बाद तुमसे मिलना हो रहा है।"

रश्मि, " बहुत अच्छा। क्या कर रहो आजकल? वही पुरानी कंपनी में हो या बदल ली है?"

मनीष, "वही पुरानी नौकरी। ज़िन्दगी चल रही है। दौड़ नहीं रही है।"

रश्मि, "विवाह किया कि नहीं?"

मनीष, " एक बार किया था। बहुत हो गया। अब अकेले ही मस्त हूं।"

रश्मि, "मैंने तो कर ली है। दो बच्चे भी हैं। आज यहां कम्पनी के काम से आयी हूं। यह मात्र एक संयोग है कि तुम मिलने चले आ गए।"

मनीष, "कितने वर्षों के बाद इस शहर में आयी हो?"

रश्मि, " कभी कभी आना हो जाता है।"

मनीष, " तुम्हारे पति क्या करते हैं?"

रश्मि, " एक कंपनी में काम करते हैं।"

मनीष, "उनसे अच्छी निभ रही है?"

रश्मि, "निभि तो तुमसे भी अच्छी थी। हमारे बीच वैचारिक मतभेद कुछ ज्यादा ही हो गए थे। फिर जबरदस्ती दम घोटकर रहने से क्या फायदा? अलग हो गए। फैसला मेरा था। कोई अफसोस नहीं है।"

मनीष, "मेरी शुभकामनाएं। बहुत अच्छा लगा अपनी पूर्व पत्नी से मिलकर। ऐसा लगता है कि हमारे बीच कुछ हुआ ही न हो। न कोई झगड़ा और न कोई विवाद। एकदम शांत तरीके से हम अलग हो गए। शायद हम एक दूसरे के लिए नहीं बने थे। अच्छा ही हुआ कि हम अलग हो गए नहीं तो हमारे बीच के वैचारिक मतभेद ज़िन्दगी में बहुत अधिक कड़वाहट उत्पन्न कर देते।"

रश्मि, "जरूरी नहीं कि ऐसा होता। दोनों संभावनाओं से इन्कार नहीं किया जा सकता। मेरा स्पष्ट मत है कि साथ साथ तभी रहा जाए जब आपस में वैचारिक समानता हो। मन ही मन घुटने से कोई फायदा नहीं होता है। साथ साथ रह रहे हैं मगर दिल में एक दूसरे के प्रति नफ़रत जन्म लेती है तो इससे बेहतर है कि रिश्तों को नए नज़रिए से देखा जाए।"

मनीष, "ठीक कह रही हो। हम तो जैसे थे, वैसै ही हो गए है। पुनः मूषक भव वाली कहावत मुझ पर चरितार्थ हो गयी। बस कुछ दिन तुम्हारे साथ गुजारे। यह बहुत है मेरे लिए।"

रश्मि, "विवाह मत करो। किसी के साथ लिविंग इन रिलेशनशिप में रह लो।"

मनीष, " अब मैं बन्धनों में रहना नहीं चाहता हूं। अपने विचारों में खोए रहने का अपना अलग आनंद है। माना कि विवाह करे और फिर नहीं बनी तो बार बार अलग होना पड़ेगा। वैसे भी तलाकशुदा व्यक्ति को लोग एक अलग नज़रिए से देखते हैं। विवाह पूर्व आप किसी के साथ कितना ही समय व्यतीत कर लें, एक दूसरे के बारे में पूर्णतया नहीं जान सकते हैं। इसी कारण अकेला हूं।"

रश्मि, "अच्छी बात है। हरेक का अपने जीने का अलग अलग तरीका होता है। मेरा तरीका अलग है और तुम्हारा अलग है। शायद हमारे तलाक में एक कारण अनजाने में यह भी रहा होगा। कभी मेरी याद आती है।"

मनीष, "अब इन बातों का कोई मतलब नहीं रह गया है। अगर मैं चाहूं तो तुम क्या वापस मेरी जिंदगी में आओगी। यह सब व्यर्थ की बातें हैं। "

इतने में चाय आ गयी और हम चाय की चुस्कियां लेने लगे।

रश्मि, " अब मैं चलती हूं। शाम की ट्रेन है। बहुत अच्छा लगा पुरानी यादों में खोना।"

मनीष, " धन्यवाद। जब भी आओगी तो मिलना जरूर। अब मनमुटाव का कोई अर्थ नहीं है। सपरिवार आना। अब तो सब इतिहास बन गया है। अच्छा बाय बाय।"

बाय बाय कहकर रश्मि चली गयी और मैंने एक कांफी का आर्डर दे दिया और इंतजार करने लगा।

38

भ्रान्तियां

सन सत्तर के दशक में दो बुज़ुर्ग आपस में बातें कर रहे थे।

सुरेश, " रमाकांत जी। आप एक स्वन्त्रता संग्राम सेनानी है। आपके बारे में तो लोग बहुत सारी बातें बताते है कि आपने झंडा उठाया। कई स्थानों पर भाषण दिये थे और जगह जगह उपद्रव भी करवाते थे। आपका योगदान सभी गाते हैं मगर ज़रा यह बताइए कि पड़ोस में जो लाल साहब और फतेहबहादुर रहते हैं , ये कैसे स्वन्त्रता संग्राम सेनानी का दर्जा पा गए। इनके बारे में लोगों का कहना हैं कि ये चोरी करते थे। चोरी के इल्जाम में ही जेल गए थे। अब इनका पूरा ख़ानदान मज़े लूट रहा है ।सारी सरकारी सुविधाओं का आनंद ले रहे हैं।"

रमाकांत ने कहा, "ऐसी कोई बात नहीं है। हकीकत कुछ और है। सच्चाई यह है कि हमारे दो साथी पकड़े गए थे और जेल में बंद कर दिए गए थे। वे दोनों ही इस जिले के आंदोलन की पूरी योजना को अंजाम देते थे। पता नहीं किसकी मुखबिरी से बंद हो गये थे। हम लोगों के पास समस्या यह थी कि अब आगे काम को कैसे बढ़ाया जाए। जोश सब में था मगर जोश तभी कारगर होता है जब होश से काम लिया जाए। संयोग की बात थी कि जेलर मेरे दूर के रिश्तेदार थे। मैंने उनसे निवेदन किया कि इन दोनों की तबियत ठीक नहीं रहती है और पता नहीं कैसे फंसा दिए गए हैं। अगर इन लोगो का खाना कभी कभी घर से आ जाए तो बड़ी मेहरबानी होगी। शायद जेलर में भी कुछ देश भक्ति रही होगी। कुछ देश

का माहौल भी उसी तरह का बन गया था। उसने हमें गुपचुप रूप से खाना पहुंचाने की व्यवस्था कर दी और वो भी पिछवाड़े के रास्ते से। आपको आश्चर्य होगा कि दो युवकों को इस कार्य में लगाया गया था। वे दोनों रात को दस बजे के बाद खाना लेकर जेल जाते और खाली बर्तन लेकर लौटते। इसी दौरान पर्चियां का आदान प्रदान होता था। इन्हीं पर्चियो के माध्यम से भविष्य की कार्य योजना तैयार की जाती थी। रास्ते में ये दोनों चोरी करते थे ताकि लोग इन्हें चोर समझें । यह इसलिए किया गया कि कोई इनपर शक न करें। जिन्हें इनसे पर्चीयां प्राप्त करनी होती थी, उनका कोई ठिकाना नहीं रहता था। इन दोनों को रात भर इधर-उधर चक्कर लगाने पड़ते थे और घनघोर अंधेरे में इनसे पर्चियां लेकर गायब हो जाते थे। यही काम था इन दोनों का। कभी कभी तो इन्हें जंगल में भी जाना पड़ता था। कई महिनो तक यह सिलसिला बे रोकटोक चलता रहा और आंदोलन को गति मिलती रहती थी । दुर्भाग्यवश ये एक दिन चोरी का नाटक करते हुए पकड़े गए और जेल पहुंच गए।

जेलर ने इन्हें पहचान लिया और बोला, " तुम दोनों ही खाना लेकर आते थे और लौटते समय चोरी करते थे। जिनके लिए खाना लाते थे, उन्हीं के साथ बंद कर दो। बदमाश कहीं के। मौकापरस्त।"

चोरी में पकड़े गए थे। जेल में प्रतिदिन आंदोलनकारियों की संख्या में वृद्धि होती जा रही थी।जगह थी ही नहीं जेल में। जो लोग छोटे मोटे जुर्म के कारण बंद थे, उन्हें माफीनामा लिखवा कर छोड़ दिया जाने लगा था। ये दोनों भी इसी कारण से छूट गये थे। मैं तो कहता हूं कि वास्तव में यही सेनानी थे। सारा खतरनाक खेल तो यहीं लोग खेलें थे। ये चोर नहीं थे, केवल चोरी का नाटक किया करते थे ताकि आंदोलन का काम चलता रहे। जानते हो ये दोनो कौन थे -ये थे लाल साहब और फतेहबहादुर।"

सुरेश, " रमाकांत जी। आप कैसे कह सकते है ये सब बातें।"

रमाकांत, " पहली बात तो यह कि मैं ही इन बातों का सूत्रधार था। सारी योजना की ज़िम्मेदारी मुझे सौंपी गयी थी। मैं ही रात में पर्चियो केअदलाबदली किया करता था और वह भी रूप बदलकर। सुरेश जी ऐसे हजारों लोग हैं जिन्होंने गुमनाम होकर काम किया।"

कुछ देर बाद दोनों मित्र अपने अपने घरों को चल दिये थे।

39

गलतफहमी

रमेश बोला,"चलो तुमको अपने एक मित्र से मिलवा लाता हूं। कुछ काम है मेरा।"

सुधीर, " ठीक है। चलो।"

रमेश और सुधीर कुछ दूर चलने के पश्चात अक्षय के घर पहुंचे।

अक्षय, "आओ रमेश। बहुत जरूरी काम था। इसीलिए बुलाया। एक जगह चलना है। पास में ही है।"

रमेश, " यह मेरा मित्र सुधीर है।"

हम तीनों मिलकर बातें करने लगे। इतने में चाय लेकर रमेश की पत्नी रश्मि आ गयी। चाय पीकर रमेश बोला," सुधीर । तुम जरा यहां बैठो। हम अभी आते हैं। थोड़ा सा काम है।"

सुधीर," ठीक है।"

इतने में रश्मि आयी और बोली, " सुधीर हो ना"।

" कैसे पहचाना"। सुधीर ने कहा

" हम लोगों के साथ पढ़ते थे ना। निशा को जानते हो। वह तो तुम्हारी पंसद थी। एक बात बताओ कि तुमने उसका वैवाहिक प्रस्ताव ठुकरा क्यों दिया।"

सुधीर, " आप निशा को कैसे जानती है।"

रश्मि, " निशा मेरी छोटी बहिन है।"

सुधीर, " मेरे लिए निशा का कोई वैवाहिक प्रस्ताव नहीं आया था। भला मैं क्यों मना करता। वह तो मेरी स्वाभाविक पंसद थी।"

रश्मि, " प्रस्ताव मैंने ही भिजवाया था।"

सुधीर, " आप स्वयं प्रस्ताव लेकर आयी थी या किसी के द्वारा भिजवाया था।"

रश्मि, " निशा की मित्र नीता की दीदी प्रेमा के हाथ भिजवाया था। आप लोगों ने कोई जवाब ही नहीं दिया था। हम तो बस इंतजार ही करते रह गए। आप आज अचानक मिल गए हो तो पूछ रही हूं। वैसे तो अब सब व्यर्थ है लेकिन जिज्ञासा बनी हुई है कि कर्मों मना किया। मेरा मतलब जवाब न देने से है।"

सुधीर, " प्रेमा ने तो अपनी बहन नीता काप्रस्ताव रखा था। वो हमें पंसद नहीं आया। आपका प्रस्ताव हमें मिला ही नहीं था।"

रश्मि, " ऐसा किया प्रेमा ने। मैं सोच भी नहीं सकती। क्या कहती थी और क्या किया। गलती हो गयी। मुझे ही आना चाहिए था।"

सुधीर, " उस समय आप दो कदम चल लिये होती तो आज कहानी कुछ अलग होती।"

रश्मि," कम से कम सच सामने तो आया। मेरी ही गलती थी कि जो प्रेमा पर विश्वास किया।"

सुधीर, " यहीं जिंदगी है। एक अलग कहानी बनते बनते दूसरी कहानी बन गयी।"

रश्मि," निशा से मिलना चाहोगे"।

सुधीर, " कोई नयी उलझन हो, मैं नहीं चाहता।"

इतने में रमेश ने आवाज दी, " सुधीर चलो"

मैं अक्षय और निशा को नमस्ते नमस्ते करके वापस लौट गया।

40

भाग्य कैसे कैसे

सीमा अपनी दीदी भावना के बेटे के विवाह में अमेरिका से भारत आयी हुयी थी। दीदी के मकान, व्यवहार, और बातचीत से उसका मन हुआ कि भारत आकर रहा जाए। कई वर्षों के बाद आयी थी। यहां की अनेक बातों से बहुत प्रभावित हो गई थी। जिन चीजों को वह छोड़ कर गयी थी, वे ही बहुत अच्छी लग रही थी। अपनी दीदी से बोली, " मेरे लिए भी एक प्लाट ढूंढो। मैं भी यहीं आकर रहूंगी। बहुत हो गया है। थक गयी हूं विदेश में रहते रहते। हम आप के पास ही रहेंगे। यहां का मजा कुछ अलग है।"

भावना, " अपने जीजू से कहो। वह इस काम में माहिर है। फटाफट कर देंगे। मकान भी बनवा देंगे।"

सीमा, " जीजू। बस ढूंढिए प्लाट मेरे लिए। मैं इंडिया आ रही हूं। वहां मेरा मन नहीं लग रहा है। जितनी जल्दी हो यह काम कर दीजिए। मैं इनको भेजती हूं। यह भी वहां रहते रहते बोर हो गए है। आखिर तीस साल कम नहीं होते है।"

पीताम्बर, " हमारे बगल वाला प्लाट खाली है। बिकाऊ भी है। चलो देख लो। जाने से पहले फाइनल कर जाओ। बयाना दे देंगे। चाहो तो पूरा काम कर जाओ। बाकी हम संभाल लेंगे।"

सीमा, " बस। फाइनल मानिए। सब आपको ही करना है। मैं पहुंच कर पैसा भेजती हूं। यहां

आकर मकान बनवाना शुरू कर देंगे। मेरी एक साल की नौकरी शेष है। उसे पूरा करके आऊंगी, तब तक मकान भी बन जाएगा। वर्षों बाद दीदी और मैं साथ रहेंगे। हम सब का साथ हो जाएगा। बच्चों को तो आना नहीं है। वे तो वहीं के हो गए हैं।"

पीताम्बर ने सीमा को प्लाट खरीदवा दिया। कुछ दिनों बाद सीमा के पति नीलाक्ष भी आ गये। मकान बनवाना शुरू हो गया। अभी काम शुरु ही हुआ था कि सीमा की तबियत खराब रहने लगी। पता चला कि कैंसर है। मकान पूरा होने से पहले ही गुजर गयी। सारे बातें समाप्त हो गयी। नीलाक्ष अकेला रह गया। करता। अब मकान में सीमा की यादों के सहारे जी रहा है। सारे सपने टूट टूट कर चूर हो गए थे। सोचता रहता था कि सीमा भारत आकर रहने के नए नए सपने देखती रहती थी। सब कुछ पीछे छूट गया। मुझे उसके सपने साकार करने होंगे। उसी के हिसाब से मकान को सजाना है। यहां रहूंगा तो बच्चें आते जाते रहेंगे।

नीलाक्ष यहीं रहने लगा। अपनी व्यवस्था स्वंय ही करता। भावना और पीताम्बर का साथ रहता। बातचीत के माध्यम से समय व्यतीत हो जाता। यह क्रम चल रहा था कि अचानक भावना को भी कैंसर की शिकायत हो गयी। इलाज के लिए बड़े बड़े शहरों में ले गये मगर होनी को कौन टाल सकता है। भावना ने भी इस संसार को छोड़ दिया। पीताम्बर अकेला रह गया।

नीलाक्ष और पीताम्बर अकेले रह गये। अपनी अपनी एकाकी जिंदगी में व्यस्त। किसी तरह समय व्यतीत करते। कभी बच्चों के फोन के इंतजार में और कभी उनके आगमन के इंतजार में। सोचते कि क्या सोचा था और क्या हो गया। अब दोनों अकेले हैं और बच्चें अपने में मस्त। पिछले कई वर्षों से यहीं चल रहा है।

41

स्वाभिमान

नीला, " मीना! तुमने गिरीश से तलाक क्यों लिया। मुझे तो वह ठीक ही लगा।"

मीना, " बस ले लिया। समझो कि हमारी निभ नहीं रही थी। हमारा तलाक बिना शोर शराबे का तलाक।"

नीला, " आखिर बताओ तो सही। कुछ तो बात होगी। मैं तुम्हारी नजदीकी सहेली हूं। कम से कम मैं तो जानूं कि क्या बात थी।"

मीना, " बात कोई विशेष नहीं थी। मेरे साथ प्रेमप्रसंग में बोला," आई लव यू गीता"। मैं चौंक गयी। है मेरे साथ मगर दिमाग में है कोई और। मैं बर्दाश्त नहीं कर पाती। मानसिक रूप से गिरीश किसी और का था। मुझसे तो मात्र शारीरिक संबंध रखा हुआ था। पूरा ठग। मैं ठगी रहना नहीं रहना नहीं चाहती थी। बस इसी बात पर तलाक ले लिया। विवाह के बाद नारी और पुरुष में शारीरिक और मानसिक रूप से एकरूपता होनी चाहिए। दोगलापन नहीं। ऐसे प्रेम से क्या फायदा। बस यही कारण था।"

नीला, " लेकिन गिरीश ने आजतक विवाह नहीं किया है। पांच साल हो गए हैं तुम्हारे तलाक को।"

मीना, " यह उसकी मर्जी। कौन सी मैंने शादी कर ली है। मैं किसी भी सूरत में उसके साथ नहीं रह सकती। किसी भी हालत में नहीं। यह मेरी सीमा से बाहर की बात है।"

नीला, " क्या तुमने इस विषय पर गिरीश से बात की थी।"

मीना," क्या फायदा होता। वह झूठ बोलता। एकसच मैं जान चुकी थी। बाकी सब व्यर्थ। जियो तो सम्मान से। यह मेरे स्वाभिमान का प्रश्न है। "

नीला, " इस संदर्भ में गिरीश से बात करूं।"

मीना, " मैं वापस नहीं लौटूंगी।"

42

प्रभाव

"यह लड़की इस शहर से बाहर नहीं जाएगी। अगर जाएगी तो आस पास ही ताकि हर हाल में समय से घर पहुंच सकें।" आनन्द जोर से चिल्लाए।

"अगर इसका एडमिशन किसी अच्छे संस्थान में हो गया तब भी नहीं भेजोगे।" स्मृति ने आनन्द से पूछा।

"कदापि नहीं। मेरे जीते जी यह संभव नहीं है। मेधा को यहीं रहना होगा। उस पर लगी पाबंदियों को मैं उसकी इस उम्र में छूट नहीं दे सकती। किसी भी कीमत में नहीं।" आनन्द बोला।

" अरे! भाई साहब! सुनिए। आजकल लड़कियां कहां जाती हैं। इतना डरने की कोई बात नहीं है। बहुत सी लड़कियां अकेले ही विदेश भी हो आती हैं और आप मना कर रहे है।" आनन्द का दोस्त मंयक बोला।

" मंयक। तुम पूरी बात से अनजान हो। हम आधुनिकता की आड़ में बहना नहीं चाहते है। कभी कभी परिणाम बहुत ख़तरनाक होते हैं। कोई भी दुर्घटना कभी भी हो सकती है। कुछ चीजें वापस नहीं लायी जा सकती है।" आनन्द ने कहा।

" आपका दृष्टिकोण लड़कों के प्रति तो इतना रूढ़िवादी नहीं है। लड़कियों के प्रति क्यों हैं" स्मृति ने कहा

" समाज में बत्तमिजीयां लड़कियों के साथ अधिक होती है। लड़के तो बच निकलते हैं। सारा दोष लड़कियों के माथे पर ही मढा जाता है।" आनन्द ने तर्क दिया।

मेधा पास में ही रहकर पढेगी। यह तय हो गया। आनन्द की बात काटने का किसी में दम नहीं था।

कुछ दिनों के बाद स्मृति बोली," यह जरूरी नहीं कि जो कुछ रश्मि ने किया वह मेधा भी करे।"

आनन्द, " भविष्य अनजान है। कोई नहीं जानता है कि कब किसका मन कहां चला जाए। बेहतर है कि हम पहले ही सुरक्षात्मक कदम उठाकर रखें। किसी के बारे में कुछ नहीं कह सकते। चचेरे भाई ने अपनी बेटी को पढ़ने के लिए भेजा था। क्या किया उसने। तीन साल रही हमारे साथ फिर किसी के साथ भाग गयी। पता भी नहीं चला। दो सालों के बाद मालूम हुआ कि विजातीय से विवाह कर लिया है। न लड़के का पता और न परिवार का और न गांव शहर का।"

जब हमने भाई को रश्मि की गुमशुदी की जानकारी दी तो कैसा हंगामा किया था। कितनी गाली गलौज हुयी थी। सीधे कहा कि रश्मि को ठीक से रखा नहीं। सारे इल्जाम हम पर थोप दिये थे मानो कि बचपन से हमारे पास ही थी। पूरे समाज और रिश्तेदारों में हमारी बदनामी कर दी। आज भी लोग हमें शक की नजर से देखते हैं मानो कि हमने ही उसे प्रेम करने के लिए उकसाया था। आज तक बातचीत बंद है। काम किसी का परिणाम कोई और भुगते। एक तो उसकी लड़की को रखा और अंजाम भी भुगता। बात को समझा करो। बदला भी ले सकते है। किसी का कोई भरोसा नहीं है। अब विश्वास करने लायक दुनिया नहीं रही है।

बात आयी गयी हो गयी। फर्क इतना पड़ा कि किसी के कामों का प्रभाव मेधा पर पड़ा। पांबदियां उस पर लगी। वह इस बात की भागीदार न होते हुए भी सहयात्री हो गयी थी।

43

रिश्ता

पिताजी ने मुझसे कहा कि तुम काम के सिलसिले में मुंबई जाते रहते हो। मेरे एक चचेरा भाई यानि कि तुम्हारे ताऊ जी रहते है। उनसे मिलने जाना। कभी कभी फोन पर बात हो जाती है। मिले हुए तो एक अर्सा हो गया है। खैर जब जाओगे तो मिल लेना।

मुझे भी रिश्ते निभाने का शौक है। करीब करीब सभी दूर नजदीक के रिश्तेदारों से मेरा परिचय और सम्पर्क है। इसी बहाने बातें और मुलाकात हो जाती है वर्ना आज के समय में किस के पास किसके लिए समय है। मुझे मुंबई माह में एक आद बार जाना होता ही है। मैंने ताऊ जी का पता लिया और तय किया कि अगली बार जरूर जाऊंगा। मुंबई में ताऊ जी के घर पहुंच कर अपना परिचय दिया तो वह बहुत खुश हुए।भरा पूरा परिवार। दो लड़के अमित और सुमित। उनकी पत्नियां राखी और निशा। दोनों के दो दो बच्चे। सब एक साथ रहते हैं। मुझे लगा कि आपसी सौहार्द का अच्छा माहौल है। जब भी मुझे मुंबई जाने का अवसर मिलता मैं ताऊ जी के घर चला जाता। घर का सारा माहौल मिल जाता है। तीन चार महिने लगातार जाता रहा मगर एक दिन रात में मैंने सुना अमित ताऊ जी से कह रहा था, “ देखिए! राकेश अक्सर आता है। कभी कभार आए तो ठीक है। अपना पैसा बचा लेता होगा। फर्जी रसीद बनाकर कंपनी से वसूलता होगा। कौन सा अपना सगा है।”

ताऊजी ने कहा, “ क्या करें। समाज और रिश्ते का सवाल है। जबर्दस्ती आ जाता है। झेलना तो पड़ेगा। गले पड़ गया है। एक बार मिल तो लिया। बार बार चला आता है। कैसे मना करूं। अगर रिश्ते की मजबूरी न होती तो कुछ कह भी देता। अब सो जाओ।”

यह सब सुनकर मैं सन्न रह गया मानो कि किसी ने शरीर से खून निकाल लिया हो। अगले दिन सुबह तक मैं किसी तरह से सामान्य बना रहा और फिर विदा लेकर चला गया।

छः महिने बीत गए। मैं ताऊजी के घर नहीं गया। फोन की घंटी बजी तो देखा कि ताऊजी का था। फोन उठाया तो ताऊजी बोले, “बहुत समय से तू आया नहीं। क्या अब मुंबई आना नहीं होता है।”

मैंने कहा, “ मैं रिश्ते मन से निभाता हूं। दिखाने के लिए नहीं। मैंने आपकी और अमित की बात सुन ली थी। मेरे पास कोई कमी नहीं है कि पैसा बचाने के लिए इतनी दूर आंऊ। कम्पनी पूरा खर्च देती है। आपने मुझ पर बिना सोचे समझे गलत कार्य करने का आरोप लगाया। माना कि अमित को समस्या थी मगर आप तो कह सकते थे कि मुझसे मिलने आता है। आपकी मजबूरी हो सकती हो मगर मेरी नहीं। मैं स्पष्टवादी हूं और साफ साफ कहने का आदी हूं कि जहां अपनापन नहीं, वहां नहीं जाता।”

इतना कहकर मैंने फोन काट दिया।

44

ढर्रा

घर में बैठे बैठे अमित को बोरियत हो रही थी। पास में रखी मैंगनीज उठाकर कहानी पढ़ने लगा। कहानी जीवन के मूल्यों और आदर्शों पर आधारित थी जो ईमानदारी और सच्चाई से सम्बन्धित थे। कहानी पढ़कर उसे उन दिनों की याद आ गयी जब ये बातें उसका आदर्श हुआ करती थी मगर जीवन में समय की धारा के साथ वह इन सब आदर्शों को तिलांजलि दे चुका था। अपने पद का दुरुपयोग करते हुए उसने अनाप-शनाप धन एवं जायदाद एकत्रित कर ली थी। आज अचानक उसे कहानी पढ़कर अपने आप पर ग्लानि होने लगी। उसका मन खिन्नता से भर गया। कुछ दिनों तक वह उदास रहा था। धीरे धीरे सांसारिक कार्यों की व्यस्तता ने उसकी उदासीनता दूर कर दी और वह कहानी की सारी बातों को भूल गया और फिर से समय की धारा के साथ पुराने ढर्रे पर चलने लगा।

45

स्मरण

आज अमित राजकीय सेवा के उच्च पद पर आसीन है। एक स्वंय सेवी संस्थान ने उसे मुख्य अतिथि के रूप में आमंत्रित किया है। अमित की ख़ास आदत है कि वह ऐसे आमंत्रित आयोजन में अपनी पत्नी यामिनी को अवश्य साथ ले जाता है। आज भी यामिनी उसके साथ मंच पर है।

अपने भाषण में अमित ने उपस्थित लोगों को बताया कि आज जिस पद पर वह पहुंचा है उस का पूरा श्रेय मेरी पत्नी यामिनी को है। बात बहुत पुरानी है। मैं ग्रामीण क्षेत्र से आता हूं। मेरे गांव के पास कोई भी कालेज नहीं था। मैं इंटर की परीक्षा उत्तीर्ण करने के बाद आगे की शिक्षा के लिए इलाहाबाद पहुंच गया था। धीरे धीरे मैं इलाहाबाद के माहौल में ढलने लगा और प्रतियोगी परीक्षाओं की तैयारियों में जुट गया। मैंने भी अपना लक्ष्य प्रशासनिक सेवा में जाने का बना लिया था।

इसी दौरान घर वालों ने मेरा विवाह यामिनी के साथ तय कर दिया और स्नातक उत्तीर्ण करते ही कर दिया गया। वो जमाना था कि घर वालों की बात का विरोध करने की सोचना भी नामुमकिन था। मेरा विवाह हो गया। यामिनी मेरे घर आ गयी। साधारण परिवार और साधारण आमदनी। बार बार मन में विचार आता कि क्या मैं अपना लक्ष्य प्राप्त कर पाऊंगा। कई बार मन में विभिन्न प्रकार के भय उत्पन्न हो।जाते। ऐसे में यामिनी ने मेरा पूरा साथ दिया। इस ने मुझसे कहा, " आप चिंता मत करो।अपनी तैयारियों में जुट जाइए। पैसे की व्यवस्था मुझ पर छोड़

दीजिए।"

मैं इलाहाबाद में तैयारियों में जुट गया। हर महिने मुझे खर्चा समय से मिल जाता। जानते है कि यामिनी ने यह कैसे किया। इसने लगातार सात वर्षों तक भैंसों का दूध बेचकर पैसे इकट्ठा किये। खेत में सब्जी लगा कर और बेचकर पैसे बनाए। गांव में सब्जी कौन खरीदता है। यह रोज साइकिल से कस्बे में जाकर सब्जियां बेचकर आती थी। गांव से शहर की दूरी बारह मील से ज्यादा थी। तमाम तरीकों से धन अर्जित किया लेकिन मुझे कोई कमी नहीं होने दी। आज मैं इस पद के लिए इन का ऋणी हूं कि सात वर्षों तक बिना नागा मुझे आर्थिक सहायता की। पूरे सात वर्ष लगे मुझे प्रतियोगी परीक्षा पास करने में। मैं कई बार असफल भी रहा लेकिन इसने मेरा हौसला टूटने नहीं दिया। आप लोग इन के लिए ताली अवश्य बजाएगा।"

इतना कहना था कि प्रांगण तालियों की गड़गड़ाहट से गूंज उठा।

46

वृतान्त

शाम का बढ़ता हुआ अंधेरा। वर्षा के साथ चलती ठंडी हवा। सर्दी का मौसम। नीचे शमशान घाट और बस्ती हुए नदी। तीन लोग एक अर्थी को लेकर शमशान पहुंचे और श्मशान के संचालक से बोले, " एक चिता तैयार कर दो। एक शव है। बहुत दूर से आए हैं। बाकी लोग एक जगह पर हैं। बारिश के समाप्त होते ही वे भी आ जाएंगे।

औपचारिकताएं पूरी करने के बाद शमशान के कर्मचारी चिता तैयार करने लगे। अर्थी पूरी तरह से भीग चुकी थी। किसी तरह से शव जलाने की प्रक्रिया प्रारंभ की गयी। चार घंटे बाद शव जल चुका था। वर्षा की रफ्तार ज्यों की त्यों बनी हुई थी। अन्य लोग नहीं पहुंचे। कार्य पूर्ण होने पर तीनों शांत भाव से वापस लौट गए। किसी ने कुछ नहीं पूछा और न जानने का प्रयास किया कि वे लोग कौन हैं। किसे मतलब है? कौन इतनी बारिश में बाहर निकले। रात का एकदम अंधकार छा चुका था।

करीब एक महीने के बाद शाम के समय एक छोटे-से कस्बे में तीन लोग एक अर्थी को लेकर श्मशान पहुंचे। करीब करीब दिन ढलने का समय। एकदम सुनसान। धीरे धीरे बढ़ता अंधेरा। दूर एकमात्र जलती चिता दिख रही थी। तीनों लोगों ने औपचारिकताएं पूरी करने के बाद अर्थी को चिता पर रख दिया। श्मशान में दो व्यक्ति एक कोने में बैठकर सिगरेट पी रहे थे। वे भी शायद चिता के राख होने की प्रतीक्षा कर रहे थे। तीनों लोगों ने भी सिगरेट पीनी शुरू कर दी। काफी समय शेष था।वे

तीनों चुपचाप खिसक गये। जलती चिता पर छोड़कर। आखिर कब तक प्रतीक्षा करते।

एक महिने के बाद एक गांव में शाम के समय तीन लोग एक अर्थी को चिता पर रखकर आग लगाने लगे।

तीन चिताओं के जलने की घटनाएं एक ही समय में मगर अलग-अलग जगहों पर अलग-अलग श्मशानों में हुई थी। यह सब इन तीनों लोगों ने किया। ये तीन लोग थे रमेश, श्याम और मनोज। ये तीनों बहुत गहरे मित्र थे। इनका लक्ष्य अपना अस्तित्व समाप्त करने का था। पता नहीं किस बात से प्रभावित हुए कि अपनी पहचान को जड़ से समाप्त करना चाहते थे। इसके लिए तीनों ने एक योजना बनाई।

अपने को समाप्त करने के लिए स्वयं को मृत बताया। अपनी झूठी अर्थी लेकर चिता में जला दिया। शमशान घाट में नाम अंकित करा दिया ताकि दुनिया उन्हें मृत मान लें।

अजीब अजीब मानसिक स्थितियों में रहते हैं लोग। तीनों ने पत्र लिखकर अपने अपने घर वालों को अपने मरने की सूचना दे दी। उन तीनों को लगा कि वे अब स्वतंत्र है । वे दुनिया में हैं भी और नहीं भी। अब उनकी एक अलग दुनिया है। इस दुनिया से अलग दुनिया। अपने को मरा हुआ घोषित करके वे तीनो अपने को बहुत महत्वपूर्ण मानने लगे थे। सोचते कि कितनी चतुराई से हमने यह सब किया। अर्थी तो मात्र कपड़ों का गट्ठर था। कोई जान नहीं पाया। हम सब मर गये फिर भी जिंदा हैं। हमारा पुराना अस्तित्व समाप्त हो गया था। कोई रिश्ता नहीं। न घर न परिजन।

यह सब तो कर लिया उन्होंने मगर दुनिया में बने रहने के लिए कुछ तो आवश्यक है। कम से कम भोजन। करें तो करें क्या? इसलिए तीनो ने साधुवेश धारण कर लिया। गांव गांव, शहर शहर घूमने लगे। भिक्षावृत्ति को जीवन का साधन बना लिया। मंदिरों में उनके दिन व्यतीत होने लग गये थे। व्यक्ति जिस व्यवस्था में रहता है, उसे उसी का ज्ञान हो जाता है।

तीनों जगह जगह विचरण किया करते थे। भिक्षावृत्ति ही उनकी जीवन रक्षक थी। उन्होंने तय किया कि शमशान में रहकर तंत्र मंत्र सीखा

जाए। बहुत सारे जादू टोना और तंत्र मंत्र के ज्ञाता या तो शमशान में रहते हैं या सुनसान जगहों पर। एक औघड़ ने बड़ी मुश्किल से उन्हें श्मशान में रहने की जगह दी। रात रात भर औघड़ पता नहीं क्या क्या करते, उनकी समझ में नहीं आता। चिता से निकली हड्डियों और राख से खेलते। इन चीजों को वायुमंडल में उड़ाते। न जाने कौन-कौन से मंत्र पढ़ते। तीनों ने औघड़ के हाथ पैर जोड़े कि हमें भी इस तरह की विद्या बता दो। बड़ी मुश्किल से औघड़ तैयार हुआ। धीरे धीरे उन्होंने कुछ विद्याएं सीखी। वे जगह जगह चक्कर लगाते रहे। मंत्र और तंत्र सीखें मगर उस का प्रयोग करने से डरते रहे। इन सब में दो वर्षों का समय लग गया। उस तरह की जिंदगी जीना बहुत आसान नहीं है। अनेक प्रयोग करने पड़ रहे थे और परिणाम शून्य। अपनी पहचान खो दी। प्रश्न यह था कि नवीन पहचान कैसे बनायी जाए कि कोई पुरानी पहचान कोई जान न पाएँ। नये तरीके से सोचना होगा। जीवन यापन भी समस्या बनती जा रही थी। ज़िन्दगी के मायने ही बदल गये थे।

तीनों ने फिर से विचार किया कि भविष्य के लिए क्या योजना बनाई जाए ताकि उनका अलग नवीन अस्तित्व दुनिया के सम्मुख आ सके। एक ही उपाय नजर आया कि शास्त्रों का अध्ययन कर जगह जगह पर प्रवचन किया जाए। तीनों जलती बुझती चिता के घेरे से निकल कर संस्कृत सीखने काशी को चल पड़े। कितने समय किस वेश में, किस प्रकार से कैसे रहें कोई जान नहीं पाया। काशी में बहुत सीखा। आखिर काशी तो नगरी है ज्ञान की।अपनी शिक्षा का उपयोग यह भ्रमण करके लोगों तक पहुंचाने लगे। धीरे धीरे एक नयी पहचान बन गयी । नए नाम चाहिए थे। तीन नए नामों की तलाश शुरू कर दी। अजीब लोग थे ये। नाम रख लिए क्ष त्र ज्ञ। धीरे धीरे लोग इन्हें क्ष त्र ज्ञ नामों से जानने लगे। इनके प्रवचन प्रसिद्ध होने लगे। लोग इन्हें कार्यक्रमों में आमंत्रित भी करते थे। समाज में इन की मांग लगातार बढ़ने लगी। शहरों में इनके पोस्टर लगने लगे। 'क्ष त्र ज्ञ' नाम से ये मशहूर हो गए। समय के साथ साथ इन का आश्रम बनने लग गया। इनके अनेक भक्त बन गए थे। शमशान की जलती बुझती चिता इन के लिए अतीत की बात हो चुकी थी। आश्रम धार्मिक स्थल बन चुका था। साधारण व्यक्तियों से

महात्माओं की श्रेणी में पहुंच गए थे। ज्ञानियों में इन की गिनती होने लग गयी थी। इन की बातों का विशेष महत्व हो गया था। इनकी अलग महत्ता हो चुकी थी। एक अलग विशेष पहचान समाज में स्थापित हो गयी थी।औ

क्ष,त्र,ज्ञ ने तय किया कि एक बार उस गली में घूमा जाए जहां उन्होंने बचपन के दिन बिताए थे। तीनो अपने शहर की पुरानी गली में पहुंचे जिसे उन्होंने वर्षों पूर्व त्याग दिया था। अलग-अलग गये। पहचान बदली। गली के लोगों से पूछा अपने लोगों के बारे में। केवल इतना मालूम हुआ कि लोग अपनी संपत्तियों को बेचकर चले गए हैं। कुछ लोगों के बच्चे शायद विदेश में हो सकते हैं। अब कोई नहीं जानता। समस्या यह थी कि बहुत खोजबीन भी नहीं कर सकते थे। कहीं कोई पहचान न ले। न

सब कुछ बदल गया। चालीस वर्षों का समय गुज़र चुका था। कितने लोग ऊपर चले गए होगे। नये लोग जानते नहीं। क्ष, त्र, ज्ञ की पुरानी पहचान गायब। समाप्त हो गयी। अब न पीछे का डीएनए और न भविष्य का। क्या खोया क्या पाया। वे समझ नहीं पाए। लौट आए अपनी नयी नकली पहचान के साथ। पहचान है। अब इतिहास नहीं है।

47

स्तर

अमित के घर पहुंचने के बाद शांति ने कहा," निशा की शादी पक्की कर दी गई है। तुम लोग यहां नहीं थे। लड़का प्राइवेट कंपनी में है। अच्छे भले लोग हैं। लड़के की नौकरी साधारण है। "

अमित, " मां! हमसे पूछ तो लिया होता। हमारा इंतजार कर लेती। कौन इतनी जल्दी मची हुई थी। पता नहीं कौन है। हमारे लायक है कि नहीं। "

शांति," तुम्हारी बहिन निशा ने लड़के को देखकर और बातें करके ही अपनी सहमति दी है।"

अमित," वह कुछ नहीं समझती है। आपके कहे अनुसार एकदम साधारण परिवार लग रहा है। कुछ तो ख्याल रखा होता। क्या कहेंगे मेरी ससुराल के लोग। इतने बड़े आदमी है। उच्च स्तरीय है। हम लोग उनके सामने कुछ नहीं है। कुछ तो सोचा होता।"

शांति, " तुम्हारे स्तर के चक्कर में उसे घर में बिठायी रहती। बत्तीस की हो गई है। पिछले आठ सालों में जितने भी रिश्ते आये, तुमने उनमें कोई न कोई कमी निकाली। कहीं भी रिश्ता नहीं बन पाया। तुम्हें तो बस स्तर से मतलब है। वो भी ससुराल के। बहुत बड़ी गलती कर दी उच्च स्तरीय घर में तुम्हारा विवाह करके। जब देखो उनकी ही बातें। तुम तो वहीं तक सीमित रह गए हो। मुझे नहीं अंदाज था कि इसका इतना ज्यादा उल्टा असर पड़ेगा। यह जानती तो भूलकर भी उस घर में रिश्ता

करती।"

अमित, " मैं अपना और परिवार का स्तर बढ़ाना चाहता हूं। मधु भी वही कर रही है। कम से कम उच्च मध्यम वर्ग में तो आ जाए। उच्च वर्ग की बात तो दूर की है लेकिन आपने सब गुड़ गोबर कर दिया। निशा तो पूरी मूर्ख है। "

इतने में निशा जो दूसरे कमरे से बातें सुन रही थी, आकर बोली, " बेकार और फालतू बातें मत करो। तुम्हारे स्तर के कारण मैं विवाह न करूं। अपना तो नौकरी लगते ही शादी कर ली। बहुत जल्दी पड़ी थी तुम्हें। मैं थक गईं हूं तुम और तुम्हारे स्तर की बातें सुन सुन कर। मेरी भी तमन्ना है। ऐसे ही बुढ़िया हो जाऊं। मेरा इतना ख्याल था तो मेरी शादी के बाद ही अपना विवाह करते। तुम्हारे फालतू स्तर के चक्कर में मैं कुंवारी नहीं रह सकती। मेरी जिंदगी है। मेरा फैसला है। मुझे नहीं चाहिए तुम्हारा हस्तक्षेप।"

अमित, " तुम्हारी मिडिल क्लास मेंटेलिटी है। तुम आगे बढ़ने की सोच भी नहीं सकती। तेरी सोच सीमित है। हम कुछ नहीं कर पाएंगे। मुझे तो अपने ससुरालियों को बुलाने में भी शर्म आएगी। क्या कहेंगे लोग। बेटा कहां और बेटी कहां। हद होती है हर चीज की। एक महिने हम बाहर क्या गये कि सब कुछ बिगाड़ दिया। रहो निम्न वर्ग में। उसी लायक हो तुम। आगे बढ़ने की लालसा ही नहीं है तुममें। पिताजी होते तो यह सब नहीं होता। मेरा कहा मानो यह रिश्ता भूल जाओ। मना कर दो।"

शांति, " मैं निशा की शादी इसी घर में करूंगी। तुम्हें सहयोग करना है तो करो। तुम्हारे बिना भी सब हो सकता है। "

विवाह की तैयारियों में अमित उदासीन रहा। मधु ने भी बेमन से भाग लिया। साथ अवश्य रहें मगर उत्साह शून्य रहा। मात्र औपचारिकता पूरी की। मां और निशा के साथ उनकी नाराजगी बनी रही।

विदाई के समय निशा ने अमित की ओर देखा तो उसे लगा कि वह उसे वितृष्णा से देख रहा है। उसे अमित की आंखों नफरत सी महसूस हुई। अब उसके और मेरे बीच अदृश्य रेखा शायद ही कभी मिट पाए।

48

स्तब्ध

मैंने राघव को फोन लगाया। घंटी बजी मगर फोन नहीं उठा। सोचा कि किसी काम में व्यस्त होगा। मिसकाल देखेगा तो रिंग करेगा। राघव की आदत है कि वह मिसकाल का जवाब अवश्य देता है।

मैं अपने काम में व्यस्त हो गया। भूल गया कि राघव को फोन भी किया था। जवाब नहीं आया तो ध्यान भी नहीं गया। बहुत दिनों से राघव का भी फोन नहीं आया। कुछ दिन बीत जाने पर वह हालचाल के लिए फोन करता रहता है। आया नहीं है उसका फोन कई दिनों से।

बात सोची फिर सोचने में ही आयी गयी हो गयी। एक बार फोन करता हूं। उसे उलाहना दूंगा कि फोन क्यों नहीं उठा रहा है। फोन किया, रिंग बजी मगर उठा नहीं। मैं सोचने लगा कि शायद उसका फोन कहीं खो गया है या फिर कहीं रखकर भूल गया है। अधिकारी है कहीं काम में व्यस्त होगा। कुछ दिन बाद फिर फोन किया तो पुनरावृत्ति हुईं। फोन बजा मगर जवाब नहीं।

राघव और मेरी दोस्ती केवल हम-दोनों तक सीमित है। परिवारों से कुछ लेना-देना नहीं इसलिए मेरे पास उसका कोई अन्य नंबर नहीं है। लेकिन अब मैं परेशान हो गया कि आखिर वह फोन क्यों नहीं कर रहा है। कहीं किसी बात से नाराज़ तो नहीं है। बहुत तलाशने पर उसके कार्यालय का एक नंबर मिला।

मैंने फोन किया, " रिंग बजी। आवाज़ आयी। किससे बात करनी है।"

" मैं राघव जी बात करना चाहता हूं।"

" आप उनसे बात नहीं कर सकते है।"

" जब आए तो कह दीजिएगा कि अभिलाष का फोन आया था। रिंग कर लिजिएगा।" मैंने कहा।

" हैलो। सुनिए। आप अब उनसे कभी बात नहीं कर पाएंगे।"

"क्यों " मैंने कहा।

" अब वह इस दुनिया में नहीं है। उनकी कोरोना से मृत्यु हो गयी थी। कई दिन बीत गए है। करीब चालीस दिन तक अस्पताल में रहे थे। वहां से कभी वापस नहीं आए।"

खबर सुनकर मैं स्तब्ध रह गया। पता नहीं उसका फोन कहां है। रिंग बज रही है। शायद किसी के पास है। हो सकता है कि सब का फोन न उठा रहे हो। मैंने ऊं शांति लिखकर संदेश भेज दिया ।शायद कभी कोई घरवाला देख ले।

49

शेरनी

मधु की सास का बस एक ही काम था दिन भर उसको निर्देश देना। सुबह से शाम तक उसे काम में व्यस्त रखती थी। ज़रा भी उसे अपने लिए समय नहीं निकालने देती थी। हर समय टोकाटाकी और डांठ डपट।

मधु सोचती कि सासू मां अपने को बड़ी शेरनी समझती है। समझने दो। अभी शरीर में थोड़ी बहुत ताकत जो बची है। कुछ वर्षों बाद जब बूढ़ी हो जाएगी और शरीर में शक्ति कम हो जाएगी, तब देखूगीं। मेमनी बनकर मेरे आगे गिड़गिड़ाएगी। 'बहू! ज़रा पानी तो देदे।' जैसी बातें करेंगी। तब देखूंगी इनको।

मधु की सास श्यामा सोचती कि कुछ समय बाद बहू की चाकरी करनी है। अभी से क्यों करूं। अभी तो शेरनी बन के रहना है।।

समय बीतता गया। श्यामा कमजोर होती गयी। अपने कामों के लिए बहू पर निर्भर हो गयी थी। अब जब भी बहू से कुछ कहती तो वह अनसुना कर देती या फिर अपने मन की करती।

श्यामा के लिए बहू को बर्दास्त करना भारी पड़ रहा था। एक दिन बोली, "मधु! शेरनी बनने की कोशिश मत कर। शेरनी मैं हूं। अगर तू मेरी बात नहीं मानेगी तो मैं सबसे कह दूंगी कि बहू मुझे बहुत प्रताड़ित करती है। बदनामी तेरी होगी। तेरे मायके वालों की होगी। समझ ले तू। फिर न कहना कि मैंने सचेत नहीं किया।"

" सासू मां! तुमने शेरनी का रोल बहुत कर लिया है। मैं चुपचाप सहन करती रही। जानती थी कि एक दिन शेरनी अवश्य बनूगी। अब तुम बकबक करती रहो। जो कहना है कहती रहो। ज्यादा बात फैलाने की कोशिश करोगी तो मैं कह दूंगी कि बुढ़िया दिन भर बड़बड़ाती रहती है। इस का दिमाग फिर गया है। बुढिया पागल हो गयी है। वो तो मैं बहू हूं जो इन की देखभाल कर रही हूं।" मधु ने जवाब दिया।

" अरे! मधु ऐसे दिन तेरे भी आऐगें।" श्यामा बोली।

" लेकिन सासु मां! मैं शेरनी बन कर नहीं रहूंगी। मां बनकर रहूंगी।"

50

शेष फिर

रेखा ने फोन पर बातों बातों में प्रिय सहेली ईशा को बताया कि उसकी बेटी का विवाह तय हो गया है।

ईशा ने पूछा, " किस परिवार में तय हुआ है। लड़का क्या करता है।"

रेखा, " अरे। सरकारी नौकरी में है। शायद तुम्हें याद होगा कि हमसे दो साल सीनियर मनीष था। उसी का बेटा है।"

ईशा, " ठीक है। अब याद करने की कोशिश करूंगी कि कौन है। शायद याद आ जाए। तुमको बहुत बहुत बधाई।"

रेखा, " घर पर आना। विस्तार से करेगें बातें। बहुत सारी बातें करनी है। स्टाक बढ़ता जा रहा है। "

ईशा पहचान तो गई कि मनीष कौन है। शायद यह वही है जो मेरा पीछा किया करता था। धीरे धीरे उस से मेरा परिचय हो गया। बातें होने लगी थी। हम एक-दूसरे के नजदीक आने लगे थे। अक्सर हम रास्ते में मिल जाते या किसी रेस्टोरेंट में चाय पीने लगते थे। कुछ ज्यादा ही नजदीक आते जा रहे थे हम। मुझे लगता कि वह कुछ कहना चाहता है मगर कह नहीं पा रहा है। कहना तो मैं भी चाह रही थी पर कह नहीं पाती। कह देती तो आज शायद कहानी कुछ और होती। शायद एक अलग मोड़ पर मैं अपने आप को खड़ा पाती। खैर छोडो। अब सोचने से क्या फायदा। जो हकीकत में नहीं हुआ उस पर सोचने से क्या फायदा।

ईशा ने रेखा को फोन करके मनीष का नंबर ले लिया कि शायद बातें कर पहचान जाऊं।

ईशा ने बरसों बाद मनीष को फोन कर दिया

ईशा, " बधाई है। बेटे की शादी निश्चित हो गई है।"

मनीष, " कौन बोल रहा है। कृपया अपना परिचय दीजिए।"

ईशा," पहचान नहीं पा रहे हो। आवाज से पहचान लो। अभी बदली नहीं है। दिमाग पर जोर डाल कर देखो तो शायद याद आ जाए।"

मनीष," इतना सब करने से बेहतर है कि अपनी पहचान बता दो। शायद याद जाए। ऐसा न हो कि आपने कहीं गलत नंबर लगा न हो। बाद में माफी मांगने की नौबत न आए। "

ईशा, " कोई बात नहीं। सारी कह दूंगी। मुझे नहीं लगता है कि मैंने गलत नंबर लगाया है। मनीष एक मेरा दोस्त हुआ करता था। मेरे ख्याल से वह तुम्हीं हो। तुम्हारी आवाज से ऐसा ही लग रहा है।"

मनीष, " मैं तो आवाज पहचान नहीं पा रहा हूं। अब बता भी दो। कब तक फोन पकड़ा रहूं। तुम क्या सोच रही हो कि मैंने पहचाना नहीं। ऐसा कैसे हो सकता है। ईशा हो ना।"

ईशा, " जानकर भी अनजान बनने की कोशिश कर रहे थे। यह तो मैं जानती थी कि ऐसा हो ही नहीं सकता कि तुम मुझे न पहचान सको।"

मनीष," कैसे मालूम हुआ कि बेटे की शादी हो रही है।"

ईशा," मेरी सहेली रेखा की बेटी है। उसी ने बातों में बताया। पहले तो मेरा अनुमान था लेकिन बाद में लगा कि वह तुम हो।"

मनीष," अपना पता भेज देना। शादी में आना है। निमंत्रण भेज दूंगा।"

ईशा," मैं पहले भी मिल सकती हूं। माना कि हमारी मित्रता रिश्ते में नहीं बदल सकीं फिर भी हम एक नया रिश्ता कायम कर सकते हैं। एक बार फिर मित्रता का नया आयाम शुरू कर सकते हैं।"

मनीष, " अपना अपना भाग्य है। होता वही है जो ऊपर वाला चाहता है। शेष फिर।"

ईशा," शेष फिर को बार बार आने देना। ऐसा न हो कि पहले की तरह शेष फिर शेष फिर ही रह जाए।"

51

अनजाना सम्मोहन

"अरे। कब तक सोते रहोगे। ढूंढना है कि नहीं। तुम्हारे आस पास ही रहती हूं। इस तरह सोने से

कैसे काम चलेगा। जल्दी करो। कब से तुम्हारा इंतज़ार कर रही हूं।"

घबराता हुआ मनीष उठा। चारों तरफ देखा। कोई नहीं है। यह तो निशा की आवाज है। उसे तलाशना है। मेरा स्वप्न गलत नहीं हो सकता है।

मनीष उठा। नहाकर तैयार हो गया। मां से कहा," बाहर जा रहा हूं। शाम तक आ जाऊंगा।"

मनीष निकल पड़ा निशा को तलाशने। उसका यही क्रम कई दिनों से चल रहा था। मनीष रोज निकलता। अपने शहर के किसी गली मोहल्ले में घूमने लगता। उसकी नजरें ऊपर नीचे चारों तरफ घूमने लगती। कहीं तो निशा दिख जाए। चलते चलते उसे आवाज आती," अरे। ऊपर देखो। छज्जे पर खड़ी हूं। जल्दी ऊपर देखो। मनीष देखता मगर निशा नहीं दिखती। एक एक मकान पर नजर दौड़ाता । हर जगह शून्य ही नजर आता। लगता कि निशा है पर नजदीक जाने पर गायब हो जाती। शाम को खाली हाथ लौटना । मां के पूछने पर कहने लगता," इतना बड़ा हो गया हूं। जरा शहर देख रहा हूं। कुछ अपने शहर का पता तो होना चाहिए। घूमने में बहुत आनंद मिलता है।"

अगले दिन। सवेरे सवेरे निशा की आवाज। ऐसे कैसे काम चलेगा। ढूंढोगे नहीं मुझे। एकदम आलसी हो। मैं तुम्हारा इन्तज़ार करती रहती हूं और एक तुम हो कि सोए रहते हो। आज सिविल लाइंस इलाके में हूं। जल्दी पहुंचो।

मनीष चल पड़ा अपने गंतव्य की ओर। पूरा सिविल लाइंस इलाका घूम डाला। कोना कोना छान मारा। वो नहीं मिली। एक बार फिर खाली हाथ लौटा। एक सिलसिला सा बन गया था। घर से निकलना , घूमना और खाली हाथ लौटना।

आवाज आती, " इतनी जल्दी थक गए। समय लगता है कुछ पाने में। मैं तुम्हारी हूं। तुम्हारे लिए बनी हूं। मैं तुम्हारे आस पास ही रहती हूं। हम एक-दूसरे के लिए बने हैं।

आवाज में एक अजीब सा सम्मोहन। मनीष अपने आप को रोक नहीं पाया। चल दिया ढूंढने।

सोचने लगा," निशा ने बुलाया है। वह है।छिपी हुई है। मेरे सब्र की परीक्षा ले रही है। बस मिल नहीं रही है। है तो अवश्य। नहीं होता तो मुझे उसका नाम कैसे मालूम होता। आज शहर के मंदिरों के दर्शन करूंगा। शायद ईश्वर मेरी सुन ले। वह कह रही थी कि पूजा पाठ में विश्वास रखती हूं। जरूर मंदिर में होगी। उसकी मूरत मेरी आंखों में रची-बसी है। मैं उसे जानता हूं। उसे पहचानना मेरे लिए जरा भी मुश्किल नहीं है।"

मनीष पूरा दिन मंदिरों में टहलता रहा। वही बात। लगता कि आस पास है मगर मिली नहीं।

आरती का समय भी निकल गया। अब कल तलाशेंगे।

मनीष लौट आया। निशा की आवाज आई, " फिर थक गए। कल से कालेज खुल रहा है। तुम्हारे कालेज में ही हूं। अब तो ढूंढ लेना। उठो। जागो। सिर्फ तुम्हारी निशा।

मनीष को लगता कि यदि निशा कालेज में ही है तो मुझसे मिलती क्यों नहीं मिलती है। वह कहती है कि कुछ पाने के लिए मेहनत क़रनी पड़ती है। मुझे मेहनत करनी होगी। कभी न कभी जरुर मिलेगी। वह है जरूर तभी तो मुझसे बातें करती है। मुझे पुकारती है। मेरा इंतजार करती है। मेरी उससे लगातार बातें होती रहती है। वह मेरी बनना चाहती है।

बस केवल उसे ढूंढना है।

पता नहीं कौन सी शक्ति के द्वारा मुझे निरन्तर आकर्षित करती है और अपनी ओर खींचती है। वह पुकारती है और मैं चल देता हूं। पूरा समय इसी में बीत रहा है। वह हैं कहां। यही तो पता करना है। यह सब कहीं मेरा स्वप्न लोक तो नहीं है। ऐसा नहीं है। स्वप्न तो बदलते रहते हैं। नित्य नए नए आते हैं। यह स्वप्न नहीं हो सकता क्योंकि निशा ही हर बार आती है। अपनी आवाज के साथ। अपनी शक्ल के साथ।

मैं उसे रोज तलाशता हूं। जिन जगहों को वह बताती है वहां को मैं चल पड़ता हूं। बहुत लड़कियां दिखाई देती है मगर उनमें निशा नहीं दिखती है। लगता है कि निशा आ रही है मगर पास आने पर कोई दूसरी ही होती है। शायद यह कहीं मेरी सोच तो नहीं है। नहीं। ऐसा नहीं हो सकता।

एक बार तो मैंने ने एक लड़की को निशा पुकार दिया था मगर वह नहीं थी। मुझे दिखती तो है मगर फिर अचानक से गायब हो जाती है। पता नहीं किस भीड़ का हिस्सा बन जाती है। एक बार मैं दिल्ली गया तो मैंने उसे चलती हुई बस में देखा। मैंने हाथ हिलाया मगर कोई उत्तर नहीं मिला। बस चलती गयी और मैं सड़क पर से उसे निहारता रह गया। वह इमेज आज भी बरकरार है।

मैं कालेज से कार्यालय पहुंच गया। नौकरी मिल गई मगर उससे पीछा नहीं छूटा। वह बोलती तुम्हारे आफिस के पास में ही हूं। मेरा हाथ पकड़ो। मुझे अपना बना लो। जल्दी करो। कहीं ऐसा न हो कि कोई दूसरा मुझे पकड़ न ले जाए। वैसे मैं ऐसा होने नहीं दूंगी। मैं सिर्फ तुम्हारे लिए हूं। तुम्हें तो मात्र एक छोटा सा प्रयास करना है। मुझे तलाशना है। अपनी ऊर्जा में वृद्धि करो और मुझे ढूंढो। अवश्य मिलूंगी।

घर में विवाह की बात होती तो निशा कहने लगती, "अरे! मैं तुम्हारी हूं। दूसरी के बारे में सोचना भी मत। अभी तुम्हारी उम्र ही क्या है। हम साथ साथ हैं। बस तुम्हें हम-दोनों की बीच की दूरी का अंतराल समाप्त करना है। मैं मिलूंगी। अवश्य मिलूंगी। तुम्हारी हूं। तुम्हें नहीं मिलूंगी तो किसे मिलूंगी। तलाशते रहो। खाली हाथ बैठने से कुछ नहीं होने वाला है।

दिन बीतते गए। समय गुजरता गया। वर्षों बीत गए। मुझे नहीं मिली। लगता कि आज मिलेगी। अब मिलेगी। कभी कभी लगता कि

कहीं मैं मृगतृष्णा का शिकार तो नहीं हो रहा हूं। वह प्रकट तो रोज होती मगर एक निश्चित दूरी पर रहती। उसे पकड़ना चाहता हूं पर न जाने वह कहां खो जाती है।

समय की रफ्तार बहुत तेज है। धीमी नहीं हो रही है। बाल स्याह से सफेदी की ओर है। ऊर्जा कम हो गई है। जिंदगी चल रही है। दौड़ नहीं रही है। वह आती है। वर्षों से उन्हीं बातों को दोहराती है। मैं उसके चक्रव्यूह से बाहर नहीं निकल पा रहा हूं। वह कल रात में आयी थी और बोली बहुत कम समय शेष है। उठो। तलाशो मुझे मनीष।

मैं रात में ही निकल पड़ा उसे पाने को।

52

अनजान शक्ति

लोग आलोक को पागल मान चुके थे। उसकी हरकतों ने लोगों को उसे पागल मानने पर विवश कर दिया था। वैसे उसे पागल कहना उचित नहीं प्रतीत होता था, पर वह था एक जबरदस्त मानसिक रोगी अवश्य था। आम तौर पर वह पगला कहलाने लगा था। वह किसी को किसी प्रकार का नुकसान नहीं पहुंचाता था। कुछ अजीब सी प्रवृत्ति और प्रकृति थी उसकी।

एक भरे-पूरे परिवार में होने के बावजूद उसकी आदत अजीबोगरीब थी। बचपन में अपने दादा की मौत होने पर वह शवयात्रा में शामिल हुआ था। यहीं से उसकी जिंदगी में मोड़ आया था। बहुत देर तक वह अपने दादा की चिता जलते हुए देखता रहा था। तब वह मुश्किल से बारह वर्ष का रहा होगा। यह बात अवश्य थी कि उसका घर ऐसी जगह पर था जहां से गुजरती शव यात्राएं नज़र आती थी। उस दिन के बाद वह शव यात्रा को बड़े गौर से देखता रहता था। कभी कभी कुछ दूर तक शवयात्रा में शामिल हो जाता था। खेलना कूदना छोड़ कर वह शवयात्रा में शामिल होने का इंतज़ार करता रहता था।

समय बीतता गया। वह बड़ा हो गया। अब तो जो भी शवयात्रा गुजरती वह उसके साथ शमशान घाट तक जाता और कई घंटे वहां व्यतीत करता। उसे वहां जाने में बिलकुल भी डर नहीं लगता था। शाम होते ही शमशान घाट का दृश्य एकदम डरावना हो जाता था। पास में

बहती नदी की आवाज परिदृश्य को और भी खतरनाक बना देती थी। शमशान घाट जाना उसका नियमित क्रम हो गया था।

मैं उसका मित्र था। मित्र भी कहना ठीक नहीं होगा। वह मुझसे थोड़ी बहुत बातें कर लेता था। एम.ए पास होने पर भी उसने कभी नौकरी नहीं तलाशी। एक दिन मैंने कहा, " नौकरी कर लो। क्या जिंदगी यूं ही व्यतीत करोगे।"

उसने कहा, "जिन्दगी तो नौकरी करने वाले काटते हैं। यह भी कोई ज़िन्दगी है केवल भौतिकवादी ज़िन्दगी। कुछ नहीं है रमेश इसमें। सबका प्रारंभ और अंत निश्चित है। व्यर्थ ही उलझे है हम इन सब में।"

मैं चुप हो गया। जानता था कि वह ऐसी ही बातें करेगा जिनका कोई अर्थ नहीं होता है। मुझे लगता कि वह एक अलग दुनिया में रहता है या उसने अपनी एक अलग दुनिया बना ली है। शायद वह एक अलग दुनिया में रहने लग गया था। वह दुनिया थी शमशान की। जलती चिताओं की। बुझती चिताओं की। औघड़ों की।आत्मा की। परमात्मा की और पता नहीं किन किन की।

पता नहीं वह कौन सा रहस्य जानना चाहता था। घर वालों ने भी उसे उसके हाल पर छोड़ दिया था। जान गए थे कि सब कहना या समझाना व्यर्थ है। सब बेकार ही जाएगा। उम्र बढ़ने के साथ उसका अधिकांश समय श्मशान में ही व्यतीत होने लगा था। जहां जाने में लोग हिचकिचाते हैं वहां जाने को वह आतुर रहता। आलोक की मानसिकता को पहचानना या समझना किसी के वश की बात नहीं थी।

मुझे लगता था कि वह लोगों के मरने का इन्तजार करता था। पता नहीं उसे जलती चिताओं को देखने में क्या मिलता था। अजीब है दुनिया, अजब है किस्म किस्म के लोग, प्रत्येक का आनन्द अलग-अलग है। आलोक को तो जलती चिताओं को देखने में ही आनंद मिलता था। ऐसा मुझे पूर्ण विश्वास हो गया था।

बहुत दिनों के बाद मैं उसके घर गया था यह जानने के लिए उसके क्या समाचार है। वह घर पर नहीं था। घर वालों से बातचीत करने पर मालूम हुआ कि उसकी दिनचर्या में कोई परिवर्तन नहीं आया था। उसने दाढ़ी बढ़ा ली थी और एक अलग किस्म की वेशभूषा पहनने लगा था।

अचानक मैं उसके कमरे में चला गया। बिखरी हुई किताबों के बीच से मैंने एक डायरी उठा ली और सरसरी तौर पर देखने लगा। डायरी के एक पन्ने पर उसने लिखा था कि शक्ति ही उसके लिए सब कुछ है। वह भी मंत्र की शक्ति। शक्ति मारीच के पास भी थी। वह कोई भी रुप बदल लेता था। कृष्ण ने बादलों को हटाकर सूर्य को निकाल दिया था। यह भी शक्ति का प्रयोग था। शक्ति कुन्ती के पास थी कि वह किसी का भी ध्यान करके उसे अपने पास बुला लेती थी। रावण के पास शक्ति थी। उसे मारना आसान नहीं था। यदि विभीषण न होता तो शायद राम रावण युद्ध की कहानी कुछ अलग होती। बालि जिससे युद्ध करता था उसकी आधी शक्ति उसे प्राप्त हो जाती थी। नल नील जिस पत्थर को स्पर्श करते थे, वह डूबता ही नहीं था। हनुमान के पास अद्रभुत शक्ति थी कि वह अपने को विभिन्न रूपों में बदल सकते थे।

शक्ति जरूरी है। चिता से शक्ति प्राप्त होती हैं। औघड़ शमशान में रहकर शक्ति ग्रहण करते हैं। शक्ति तलाशनी पड़ती है। चिता से निकालनी होती है। यह कार्य आसान नहीं होता है। वर्षों लग जाते हैं। रात दिन चिताओं के साथ और पास रहना पड़ता है। मंत्र सीखने पड़ते हैं। मैं ऐसे अनेक लोगों को जानता हूं जिन्होंने चिताओं से शक्ति प्राप्त की है। उन्होंने कई बार मुझे प्रयोग करके दिखाया है। ऊपर उड़ते धुएं में ही शक्ति होती है। उसे पकड़ना होता है। एक औघड़ तो मरने वालों का पूरा इतिहास बता देता था। इसी प्रकार की शक्तियां मुझे चाहिए। अधूरा और व्यर्थ है जीवन शक्ति के बिना। मैं भी इसी प्रयोजन में प्रयासरत हूं।

इतना ही मैंने पढ़ा। कितना पढ़ूं। पेज पर।पेज भरे हुए हैं ऐसी। ही बातों से। चिता,अग्नि, धुआं, मंत्र और तंत्र इन्हीं शब्दों का प्रयोग बार बार किया था। मुझे तो डर भी लगने लगा था कि

वह रात-दिन शमशान में कैसे रहता है। जहां लोग जाने से डरते हैं, वहां आलोक खुशी खुशी निडर होकर जाता है। ये बातें मैंने उसके घर में बतायी तो उसके पिता ने कहा, “ यह पगला गया है। पता नहीं किसने इस पर जादू टोना कर दिया है। हर समय एक ही बात कहता है। किसी की सुनता नहीं है। देख तो रहे हो क्या हाल बना

लिया है अपना। बड़ी दाढ़ी, न नहाना और न कुछ करना। अपने को दुनिया का सबसे बड़ा विद्‌वान समझता है। पूरा जीवन बर्बाद कर लिया है। अब हम लोगों ने कुछ कहना ही छोड़ दिया है। जो करता है करें।"

समय बीतता गया। धीरे-धीरे उसने घर आना त्याग दिया। कहां कहां घूमता था, कोई नहीं जानता था। लोग कहते थे कि कभी कभी शव यात्राओं में दिख जाता है। चिता को बहुत गहनता से देखता है। पता नहीं वहां पर क्या करता है। इतना जरूर मालूम हुआ उसके बारे में कि वह शहरों के श्मशानों में रहता था।

मेरी उससे मुलाकात हुए वर्षों बीत गए। उसका कोई अता पता नहीं था। पता नहीं कहां होगा। कौन जाएं ढूंढने श्मशान घाटों में। उसके माता-पिता दोनों गुजर चुके थे। शायद उसे पता ही नहीं था। इतना जरूर था कि उसके आसपास के लोग श्मशान बाबा करके जानने लगे थे। जिज्ञासा वश मैं उसे तलाशने निकल पड़ा। शमशान में जाकर पता चला कि आजकल यहां नहीं है लेकिन आते रहता है। शमशान में कुछ लोगों का कहना था कि उसे कुछ शक्तियां प्राप्त हो गयी है।

कुछ समय बाद एक औघड़ उसके घर आया और कहने लगा कि उसने जलती चिता पर बैठकर अपने प्राण त्याग दिए।रात के अंधेरे में चिता बनायी और पता नहीं कब उस पर बैठा, मालूम ही नहीं पड़ा। कह रहा था कि आज की रात शक्ति प्राप्त होगी। घर वालों को बहुत फर्क नहीं पड़ा क्योंकि अब वह उनके सम्पर्क में नहीं था।बताने वाला भी आश्वस्त नहीं था कि आलोक ने यह सब किया या फिर कोई मिथ्या बात थी। औघड़ ने बातों में शायद शब्द का प्रयोग कर दिया था।

पता नही क्या सच था मगर यही सच था। औघड़ ने चुपके से मुझसे कहा कि वह जानबूझकर शक्ति पाने के लिए अनेक तरह के प्रयोग करता रहता था मगर वह ऐसा करेगा इसका किसी को विश्वास नहीं था। रात को हमारे पास ही था। जरा भी इस बात का एहसास होता तो हम उसे रोक लेते।

दस वर्षों के बाद मैंने देखा कि आलोक मेरे दरवाजे पर दस्तक दे रहा है ।

53

मोहब्बत

कल शाम अनु का फ़ोन आया कि कल आप घर पर ही है। मैं मिलने आऊंगी।

मेरी साली अनु का फ़ोन था। शहर में आयी होगी, इसी से फोन किया होगा। पत्नी को गुजरे तीन साल हो गए। एक बार आयी तक नहीं। बस केवल एक फोन भर आया था। खैर मैंने भी कह दिया, " घर पर ही हूं। आना तुम्हारी मर्जी पर है।"

अगले दिन अनु दरवाजे पर खड़ी थी। बोली, " जीजू।आ जाऊं। आ गयी हूं मैं। कैसे हालचाल है। अब तक तो आप काफी नार्मल हो गए होंगे। ऐसा देखने से लग रहा है"

सलिल, " आज क्या मोहब्बत का इजहार करने आयी हो। बहुत जल्दी समय मिल गया तुम्हें।"

अनु, " मोहब्बत का इजहार करने नहीं बल्कि संवेदना प्रकट करने आयी हूं। बहुत दूर से आयी हूं। वो भी अपना कीमती समय निकाल कर।"

सलिल, " बहुत आभार आपका। दीदी गुजर गयी आपकी। बहुत शीघ्र पहुंची है आप। क्या कहने। मैं आपके इरादे जानता हूं।"

अनु, " मेरा कोई इरादा नहीं है। वर्षों से कोई ताल्लुक भी नहीं रहा है आपसे। वर्षों पहले गलती से दीदी के विवाह के बाद आपसे कह दिया था कि जीजू हमें आपसे मोहब्बत हो गयी है। अगर दीदी न होती तो आपको अपने कब्जे में ले लेती।भले ही पति चोर कहलाती।"

सलिल, " मैं जानता हूं कि तुमने विवाह नहीं किया। केवल इंतजार किया कि अब कोई ऐसी बात हो जाए कि तुम फिर से अपनी मोहब्बत का इजहार कर सको।"

अनु, " बहुत गलतफहमी में हैं आप। आप दीदी का गम झेलिए। मुझे आपको पकड़ना होता तो तभी आ जाती। संवेदना के बहाने

करीब पहुंच जाती। बहुत दुनिया देखी है मैंने। बहुत से लोगों से पाला पड़ा है मेरा। आसान नहीं रहीं मेरी राहें जितना आप समझ रहे हैं।"

सलिल, " क्या तुम समझती हो कि मैं तुम्हारा इंतज़ार कर रहा हूं। मेरी अपनी जिंदगी है। बच्चें है। सब अपने में व्यस्त हैं। मैं अपने में व्यस्त।"

अनु, " अच्छी बात है। अरे मैं तो बच्चों के बारे में पूछना ही भूल गयी। खैर अब मालूम हो गया। मजाक कर रही हूं, सच मत समझिएगा, आप अकेले, मैं भी अकेली। खूब जमेगी, बोलो तैयार हो।"

सलिल, " कभी कहती हो कि दीदी का गम झेलो। उसकी यादों में खोयी रहूं। अब कह रही हो कि साथ रहें। दीदी को भूलने की कोशिश करो।"

अनु, " सबकी अपनी अपनी जिंदगी होती है। मैं कभी बन्धनों में नहीं रही हूं। आजाद पंछी की तरह इधर उधर घूमती रही। कई जगहों पर रही। मेरी कहानी मत सुनो नहीं तो वर्षों तक मेरे बारे में सोचते ही रहोगे।

सलिल, " लगता है कि अभी बहुत कुछ कहना शेष है। मैं चाय लेकर आता हूं।"

इतनी देर में अनु ने घर का मुआयना कर लिया। सोचने लगी कि यहां में एडजस्ट हो सकती हूं। शायद बिखरी हुई जिन्दगी पटरी पर आ जाए। साथ चाहिए मुझे भी। इतना अच्छा साथी मिलना मुश्किल है। एक लम्बा समय बीत चुका है। रहन सहन का तरीके बदल चुके हैं। नहीं रह पाऊंगी बन्धनों में। मेरा किसी के साथ एक छत के नीचे रहना मुश्किल लगता है। जाने दो। वैसे लिविंग इन रिलेशनशिप का विकल्प खुला है।

चाय पीने के बाद अनु बोली, " बहुत बातें हो गई। अब मैं चलूंगी। अवसर मिलेगा तो फिर मुलाकात करूंगी।"

सलिल, " आने के लिए आभार।"

अनु के जाने के बाद सलिल सोचने लगा कि कितना अच्छा दिन बीता। बहुत दिनों के बाद कुछ नयापन महसूस हुआ। अनु को साथ रहने का प्रस्ताव भेजा जा सकता है। विचार करना होगा।

रास्ते में अनु भी सोचने लगी कि साथ जरूरी है। बहुत समय के बाद कुछ बदला नजर आया। सोचना होगा मुझे। थोड़ा इंतज़ार करना होगा। शायद सलिल कुछ संदेश दे।

54

रोजगार

विशाल को अभी अभी अपने पिता की मृत्यु की खबर मिली। अभी अमेरिका से हिंदुस्तान पहुंचना उसके लिए आसान नहीं था। विदेश में रहकर वह बहुत मनी माइंडेड हो गया था। उसे लगा कि बेकार में बहुत ज्यादा पैसा खर्च हो जाएगा। कुछ तो करना ही पड़ेगा।

पिता इंडिया में थे। विशाल ने अपने दूर के रिश्तेदार मनोज को पिता की देखरेख का जिम्मा सौंपा था। प्रतिमाह वह मनोज के अकाउंट में पैसे भेज देता। इससे उसे इंडिया आने की जरूरत नहीं होती थी। अचानक उसके दिमाग में एक आइडिया आया। उसने मनोज को फोन लगाया और बोला, " मनोज! ऐसा है कि मैं इस समय नहीं आ सकता हूं। तुम पिताजी का सारा क्रिया कर्म कर दो। जो खर्च आएगा मैं तुम्हारे अकाउंट में भेज दूंगा। फिलहाल कुछ रुपए एडवांस भेज रहा हूं। सब संभाल लेना। किसी को मत बुलाना। दो चार मित्रों के साथ सब कर लेना।"

कुछ दिनों के बाद मनोज का फोन आया कार्य पूरा कर दिया है। आप बेफ्रिक रहें ।आपसे अनुरोध है कि यदि कोई इस तरह के काम करवाना चाहे तो मैं कर दूंगा। मुझे भी रोजगार मिल जाएगा और खर्चा पानी चल जाएगा। हां! एक बात और है कि मैं आपके मकान की देखभाल भी कर दूंगा। कुछ पैसे भेजते रहिएगा। प्रणाम।"।

करीब दस बरसों के बाद विशाल इंडिया अपने घर आया तो उसने पाया कि घर में बोर्ड लगा है।

" धार्मिक कार्यों और संस्कारों के लिए सम्पर्क करें।" वाह! मनोज कहां से कहां तक दिमाग लगाया। मुझसे भी ज्यादा। तेरे आइडिया पर मैंने वहां विज्ञापन निकाला कि ऐसे कामों के लिए मुझसे संपर्क करें । मैं तुझे काम दिलाने का कमीशन लेता रहा और वो भी बिना बताए।

55

इच्छा

मनीष को इस छोटे कस्बे में बहुत लोग पहचान गए है। किसी के यहां वैवाहिक कार्यक्रम हो तो उसको जिम्मेदारी देकर मुक्त हो जाओ। आपके सारे काम कर देगा। पूरा सहयोग करेगा और वो भी पूरे मन से। दौड़ भाग में उसका कोई जवाब नहीं है। बस एक ही ख्वाहिश है कि निमंत्रण कार्ड में दर्शनाभिलाषी में नाम लिखा जाए।

बचपन में घर में जब भी कोई निमंत्रण कार्ड आता तो मनीष बहुत गौर से दर्शनाभिलाषियों के नाम अवश्य पड़ता। सोचता कि काश मेरा नाम भी होता। परिवार के कार्डों में कभी कभार उसका नाम भी आ जाता था। निमंत्रण कार्ड में नाम आने पर बहुत खुश हो जाता था। एक दिन अपने चाचा से पूछा कि दर्शनाभिलाषी में नाम आने का क्या अर्थ है।

चाचा ने बताया कि जिसका नाम दर्शनाभिलाषी में आता है उसके जिम्मे सारे काम आ जाते है। वही आने वाले लोगों का स्वागत करता है। वह निमंत्रित व्यक्तियों के दर्शन के लिए आतुर रहता है। लोग विवाह से संबंधित सारी जानकारियां उसी से प्राप्त करते हैं। दर्शनाभिलाषी एक महत्वपूर्ण व्यक्ति होता है। अब भय्या की शादी के कार्ड में तुम्हारा नाम आया है। काम की जानकारी मालूम करो और संभालो जिम्मेदारी।

यह सब सुनकर मनीष बहुत ही प्रसन्न हुआ कि भय्या की शादी में वह बहुत महत्वपूर्ण हो गया हूं। पूरी विवाह की जिम्मेदारी उसी की है। ऐसा अवसर कब मिलता है। विवाह समारोह में उसकी पूछ हो और

सब उसकी ओर मुताबिक हो। वाह! बहुत गजब है दर्शनाभिलाषी में नाम आना।

भय्या की शादी में नाम आने पर उसने पूरे जी जान से काम किया। हर काम उसने बडी तत्परता से किया। धीरे धीरे वह लोगों में जाने जाना लगा था। विवाह समारोह सम्पन्न हो जाने पर लोग उसकी खूब तारीफ करते।

एक दिन श्याम बाबू बोले मेरी बिटिया का विवाह है। भय्या की शादी में तुमने बड़ी जिम्मेदारी से काम निभाया था। हमारे पास कोई जिम्मेदार व्यक्ति नहीं है। तुम्हीं से आशा है। बोलो करोगे।

मनीष, " करेंगे। जरूर करेंगे। बस हमारी एक छोटी सी शर्त है कि निमंत्रण कार्ड में मेरा नाम दर्शनाभिलाषी में हो। मुझे कार्ड में अपना नाम देखकर अपार खुशी मिलती है।

श्याम बाबू, ," बस इतनी सी बात। तुम तो हमारे हो।समझ लो कि नाम आ गया।बस काम संभाल लो।"

मनीष को और क्या चाहिए था। बस नाम चाहिए था। नाम छपते ही वह गंभीरता से काम में लग जाता। यह उसकी खूबी बन गयी थी। परिचित हो या अपरिचित उसका नाम

दर्शनाभिलाषी में लिखकर सारी जिम्मेदारी सौंपकर बेफिक्र हो जाते। यह उसकी जिंदगी का क्रम बन जाता।

अपने विवाह के उपरांत भी उसने अपनी इस इच्छा का परित्याग नहीं किया। अब भी उसकी तमन्ना ज्यों कि त्यों बनी हुई थी। अब उसका महत्व बढ़ गया था।

कई बार लोग उसे ढूंढते कि काम की जिम्मेदारी ले लें। आपका नाम कार्ड में लिख दिया गया है। हमारा काम आपके जिम्में है। मनीष की साख बढ़ने लगी थी।

कल मनीष मेरे पास आया था और बोला कि सपना पूरा हो गया।

मैंने कहा , " किस बात का"

वह बोला ," सौ कार्डों में नाम छप गया है। सब संभाल के रखें है। कभी समय मिले तो आकर अवश्य देखिएगा। शायद कभी रिकार्ड बुक में नाम दर्ज हो जाए।"

उसके जाने के बाद मैं सोचने लगा कि हरेक की अपनी अपनी इच्छा होती है।

56

उदाहरण

राजेश को नौकरी दिल्ली में मिल गयी थी। नौकरी क्या लगी कि अपने ही दफ्तर की चित्रा से चक्कर चला बैठे। गांव से पहुंचे थे और अब शहरी बाबू बन गए थे। दीवाली के मौके पर गांव गये तो कह दिये कि एक लड़की पसंद कर ली है, उससे ही विवाह करना है।"

पिता ने पूछा, " पहले यह बताओ कि लड़की किस जाति की है। "

राजेश, " अपनी जाति से नहीं है। विजातीय है मगर है अच्छी।"

पिता, " यह मुश्किल है। कोई भी नहीं मानेगा। गांव और विरादरी में नाक कट जाएगी। गांव में कहीं के नहीं रह जाएंगे।"

राजेश, " विवाह तो उसी से करना है चाहे जो हो जाए।"

पिता, " कल विरादरी में बात करूंगा तभी सब की राय मालूम हो पाएगी।"

अगले दिन पिता ने रिश्तेदारों और नातेदारों से राजेश की मंशा की बात की। कुछ ने विरोध किया तो कुछ बोले," समय बदल रहा है। इसकी मांग है कि चुपचाप और अत्यंत सादगी से विवाह कर दीजिए। गांव में अधिक आना जाना न करे। कोई न कोई बहाना बना दिया जाएगा। लड़का अपना है, अपना ही बना रहे। कहीं चुपके से शहर में विवाह कर लिया तो शायद गांव में अपनी शक्ल भी न दिखाए। शहर की हवा तो लग ही चुकी है। अब कुछ कहने सुनने से कोई फायदा नहीं है। साधारण विवाह करके निपटाइए।"

बात आयी गयी हो गयी। निर्णय विवाह के पक्ष में हो चुका था। एक सादे समारोह में विवाह सम्पन्न हो गया। विजातीय कन्या परिवार में आ गयी और धीरे धीरे एडजस्ट हो गयी।

कुछ समय के पश्चात् भाई की बेटी ने भी अपने पसन्द के लड़के से विवाह की इच्छा जाहिर की। तर्क दिया गया कि राजेश ने भी अपनी पसंद की कन्या से विवाह किया है। अब तो रास्ता भी खुल चुका है। फिर वही हुआ कि बेटी की जिद के आगे परिजनों को झुकना पड़ा। एक के बाद दूसरा विजातीय विवाह हो मेंगया था। अंतर केवल इतना रहा कि यह विवाह गांव में न करके शहर में किया गया। सोचा गया कि गांव में बिना बात के कहीं बतंगड़ न हो जाए । कुछ दिनों सबकुछ सामान्य हो गया।

पिछले बीस वर्षों में परिवार में अनेक विवाह हुए। कुछ सजातीय और कुछ विजातीय। कभी कभी लगता है कि परिवार सजातीय और विजातीय दो गुटों में विभक्त हो गया है। मैत्रीय,श्याम, निशा, निधि, अरूण न जाने कितने प्रेम विवाह हुए। लड़के ने लड़की और लड़की ने लड़का तलाशा। परिवार तो मात्र मुहर लगाने की संस्था बन कर रह गयी वो भी बिना किसी प्रतिरोध के।

आजकल राजेश सपरिवार घर आया हुआ है। शाम को साथ में घूमते हुए कहा," हम तो बुजुर्ग हो गए हैं। इतने वर्षों में बहुत कुछ बदल चुका है। तुम भी पचास के नजदीक पहुंच रहे हो। जो उदाहरण तुमने पेश किया वो एक नजीर बन चुकी है। इन सब ने परिवार की संस्कृति को ही बदल डाला है। नऐ परिवार में आए लोग अपनी संस्कृति को परिवार पर थोप रहे हैं। यूं कहे कि अपनी संस्कृति को जाने अनजाने बढ़ा रहे हैं। परिवार में विभिन्न संस्कृतियां एक साथ पनपने लग गयी है। पुरानी संस्कृति अपनी छाप खोती जा रही है। एक नवीन मिश्रित संस्कृति जन्म ले रही है। शायद इसका प्रभाव वर्षों बाद दृष्टिगोचर होगा।"

राजेश, " आप ठीक कह रहे है। सभी देख रहे हैं। माना कि उदाहरण मेरा दिया जाता है लेकिन हर बार ऐसे प्रकरणों पर मुहर परिवार वालों ने ही लगायी।"

पिता," वर्तमान संदर्भों में कुछ नहीं कहा जा सकता है मगर अभी भी हम मानक मर्यादाओं में रह रहे हैं।

57

रानी बिटिया - कुछ नहीं कहना

"रानी बिटिया! एक लड़के का विवाह का प्रस्ताव आया है। तुम देख लो। अब शादी के लिए सहमति दो।" मां ने कहा।

"मां! अभी नहीं करनी है। जब करनी होगी तब बता दूंगी।"

"तीस साल की होने को आयी है। कब करेगी शादी। बेकार ही तुझे पढाया लिखाया।" मां ने कहा।

"पछतावा करो कि बेटी को शिक्षित किया। अब जरा शांत हो जाओ। रोज एक ही बात दोहराती रहती हो।"

"अरे! कब तक इस तरह रहोगी। कब तक शादी नहीं करोगी। हमारे बाद कौन है तुम्हारा। अकेली रह जाओगी"। मां ने जोर से कहा।

"किसने देखा है आगे का समय। कोई नहीं जानता है कि क्या होगा भविष्य में। जो होगा देखा जायेगा। मुझे नहीं करनी है शादी।" रानी बोली।

इस तरह की बातें मां, पिता और रानी के बीच अक्सर होती रहती थी। मां और पिता भी कहते कहते थक चुके थे। अब सोचने लगे थे कि इससे कुछ कहना ही व्यर्थ है।

मां, "जब देखो सहेलियों के साथ ही समय व्यतीत करती है। हर समय फोन पर उन्हीं से बातें करना। पता नहीं कितनी बातें हैं इन सब के

बीच में। रात में भी सहेलियों के घर में रहने जाती है। निशा, मोनिका और कामना रोज ही चली आती है। कोई काम तो है नहीं। बस गपियाते रहो सुबह से शाम तक। हमसे तो कोई मतलब नहीं रह गया है। खाओ,पियो और चलो। जरा नौकरी क्या मिल गयी है, अपने आप को बहुत बड़ा समझने लगी है।"

"अरे! छोड़ो बेकार की बातें। क्यों अपना दिमाग खराब कर रही हो। उसकी जिंदगी है, जीने दे उसे। एक दो दिन में मैं रानी से बात करूंगा।" रानी के पिता आकाश ने कहा।

शाम को रानी आयी तो आकाश ने कहा, बेटी! कुछ बातें करनी हैं। जरा यहां आना।"

"क्या बात है पिताजी"

"अपने भविष्य के बारे में बता दो। विवाह करना है कि नहीं। कैसे व्यतीत करोगी जिन्दगी। हमें भी निरन्तर तुम्हारी चिंता बनी रहती है। पता नहीं कब क्या हो जाए। हम भी कब तक रहेंगें। तुम्हारा भाई भी विदेश में है। कुछ सोच लो अपने बारे में।" आकाश ने कहा।

"पापा! आज आपसे एक बात कहना चाहती हूं। आज तक कहने में हिचकिचा रही थी कि मां बाप के सामने कैसे कहूं। अब हकीकत यह है कि मैं निशा, मोनिका और कामना के साथ लेसिबियन हूं। हमारे आपस में समलैंगिक संबंध है। मैं उनके बिना नहीं रह सकती हूं। हमारा शादी का कोई इरादा नहीं है। कहना नहीं चाह रही थी। कहने लायक बात भी नहीं है पर शादी का मामला समाप्त करना था। मुझे माफ़ कर दीजिए।" रानी एक सांस में कहती गयी।

आकाश, "जा खुश रह। अपनी जिंदगी जी।"

मां कहने लगी, " यह क्या किया आपने। कुछ तो कहते। उसे समझाते। अजीब है आप। कह रहे है कि खुश रह। कैसे पिता है आप।"

"तुम कुछ कर सकती हो तो कर लो। कुछ नहीं कर पाओगी। उसे जीने दो। उससे कह दो किसी दूसरे शहर में चली जाए। यहां तो कभी न कभी बात खुल जाएगी।"

बात समाप्त हो गयी थी। माहौल शांत हो गया था। कुछ बचा ही नहीं। क्या कहता मैं रानी से, बर्षो पहले मैं भी ऐसा ही था। आंखों से नींद

गायब हो गयी थी।

9798888051832

FCW - #0083 - 061026 - C0 - 203/127/10 - PB - 9798888051832 - Gloss Lamination